「琥太郎様。殿方の身体は、
女性に触れられると安らぐように
できているんです。
気持ちよくなるようにできているんです」

「……夕飯食べたら来いって言うから、なにかと思ったら」

理々が眉間に皺を寄せたまま、うなる。

「だ、だって……わたしとベルさんだけじゃ、絶対無理だもん」

「なるほど、琥太郎はこれで悩んでたのか」

耕平が得心したように手の平を打った。

「ふふ、うちでも今度やってみようかしら」

「……母さん、やめて。絶対やめて」

「うう、すごい見られてる」

周囲の視線が束になってわたしを襲ってくる。

無理もない、はたからすれば男子の集団の中に
女子が一人だけまぎれているようにしか見えないのだ。

いや、わたしだってそのつもりだけれど。

深山さんちのベルテイン

逢空万太

GA文庫

もくじ

ちょ：あいそらまん

え：なな

カバー・口絵　本文イラスト

七

1．日本一奇妙な母への手紙。

お母さん、お元気ですか。

お母さんが研究で海外に渡ってから、もう二ヶ月になりますね。お母さんは研究一筋で不精でめんどくさがりなのに神経質というわけのわからない性格の人ですから、わたしがいなくてもちゃんとまともで文化的な最低レベルの生活を営めるか心配でなりません。冷凍食品は冷凍してあるから冷凍食品って言うんですよ、ちゃんとレンジでチンしてくださいね、人として。

わたしのことは心配しないでください。一人でも充分に生きていけます。というかお母さんがいなくなってからというもの、家事の手間が十分の一くらいになって実に快適です。レンジの中で玉子が爆発しませんし、野菜室にまでビールが侵食してくることもありません。

それに。

お母さんのおかげで、家族が増えて寂《さび》しくありませんし。

◇◆◇◆◇

「起きるであります、起きるであります」

ぺちぺち、と頬《ほお》を打つ音。

その雑音を振り払うように、わたしは布団を頭から被《かぶ》った。

「二度寝しちゃダメでありますよ、ダメでありますよ」

その布団を引き剝《は》がそうとでもするのか、外部から引力を感じた。それに対抗するように踏んばりながら、布団の隙間《すきま》から時計を見る。

ＡＭ６：００。

どうして休日なのにこんな時間に起こされなくてはならないんだろう。

寝返りを打って、声に背を向ける。

「……致し方ないであります、致し方ないであります」

とっ、と軽い振動が床から伝わる。

降りたか。

あきらめてくれたか。

「『うっふーん。坊や、お姉さんといいコトし・な・い？　ほら、ベッドから起きて。別の部位を起こして』であります、であります」

がば、と布団を跳ね上げる。

一気にクリアになった思考で、先ほどからの声の主を把握した。

「おお、起きたであります！　起きたであります！　初めて成功したでありますよ！　ありますよ！　ますよ！」

「ベルさん」

「おはようであります！　おはようであります！」

「今の、なに？」

「色仕掛けであります！　大人の色香であります！　ベルの魅力にコタロー殿もメロメロであります、メロメロであります！」

「……色仕掛け？」

「であります、であります」

「……大人の色香？」

「であります、であります」

じっ、と声の主を見る。

というか見下ろす。

ベッドに腰かけていても、なお見下ろせるほどの位置。

そこに、彼女は立っていた。

小さな女性だった。いや、小さすぎた。身長は立った時のわたしの膝上《ひざうえ》くらいだから、五〜

六〇センチちょっとだろうか。

頭身も三頭身弱しかない。

なぜかメイド服を着込んでいる。

青みがかった黒髪をおかっぱに揃《そろ》えている。

まるでデフォルメされた人形を見ているようだった。

彼女は、名前をベルテインと言う。

明らかに人外に見えるが、さもありなん。

Electric Maiden Automata――電動侍女型機械人形。

わたしのお母さんが中心になって開発された、自立ＡＩを搭載したロボットなのだ。

ちなみに自律じゃなくて自立らしい。

なにか違うんだろうか。

あと、ベルテイン……ベルさんはプロトタイプを経て製作されたテストタイプなので、通称ＥＭＡ初号機と呼ばれている。お母さんたちが訴えられないか心配だった。

それはともかく。

「おはようであります、おはようであります、コタローＩ殿」

「うん……おはようベルさん。だけど、なんでこんなに早く起こされなくちゃなんないの。今日、学校お休み」

「早起きは三文《さんもん》の得であります、三文の得であります」

「……今のお金にすると六十円くらいなんだよ」

それなら寝てたほうがマシなんじゃないか。

「当時は大根三本くらい買えるであります、買えるであります」

うまく反論された。

これからもう一度布団に入ってもベルさんに叩《たた》き起こされそうなので、あきらめてベッドから立ち上がった。

「もう朝ご飯もできてるであります。早く着替えて居間に降りてくるであります、降りてくるであります」

「うん」

頷《うなず》いて、パジャマを脱ぐ。綺麗《きれい》に畳んでタンスにしまい、クローゼットからスパッツとチュニックを引っぱり出す。

ドレッサーに腰かけて、髪の毛をヘアブラシで梳《す》いてから、丁寧《ていねい》に三つ編みにした。

そうして服を着る。

「……コタロー殿、コタロー殿」

「ん、なに？」

「家の中でまで女装するのはどうかと思うであります、どうかと思うであります」

「女装じゃないもん。ほっといてよ、もう」

「趣味か！　であります、であります」

「習慣だよ！」

きっぱりと宣言する。

わたし、深山琥太郎《みやまこたろう》は生物学的には男に分類される。

でも、わたしはもともと女の子になりたかった。小さい頃《ころ》からかわいいかわいい言われて、わたしもその気になって女物ばかり着ていたから、こうもなったのだろう。

高校生の今になっても、この性格は変わらない。

学校には女子の制服で行っている。校則に『男子が女子の制服を着てはいけない』なんてどこにも書いてないし、結構周《まわ》りもなにも言わないものだ。

それどころか、生暖かく見守ってくれている気がする。

なんでか知らないけど全学で公認だったりする。

それでも、わたしのような輩《やから》になにかと因縁《いんねん》を吹っかけてくる人間はどの学年にもいるもので。行きすぎると暴力まで振るってくるケースもある。そういう人たちを、わたしはそのつど丁重に追い払ってきた。

こう見えてわたしは腕っ節が強いのだ。

中学生の時、空手の地区大会で空手部員にヘルプで呼ばれて、そのまま団体戦で三人抜きして優勝した経験あり。もっとも、全国大会の出場は丁重に辞退したけれど。代打がそのまま残っては対外的にもまずいだろうし、わたしは目立つのは嫌いなのだ。

そんなわけで、周囲でわたしを咎《とが》める人は少ない。

それでも、決していないわけではなくて。

「嘆《なげ》かわしいであります、嘆かわしいであります」

この人が、その代表格だ。

「なにがさ」

「今はそれでもいいかもしれないであります。コタロー殿は確かに美人さんであります、美人さんであります」

「え、そ、そっかなぁ～」

かわいいとか綺麗とか美人とか言われると、頬が緩む。

「However、であります。人体の摂理《せつり》には逆らえないであります。男性は筋肉質でありますし、ヒゲも濃くなるであります。いつまでもかわいいままではいられないでありますよ、いられないでありますよ」

「う。だ、大丈夫だもん。大人になったらホルモン注射とか、取っちゃう手術とかあるもん」

「強情でありますな……致し方ないであります。男の性《さが》を、身体《からだ》に訴えるであります！　身体に訴えるであります！」

ベルさんのその言葉に、わたしは椅子《いす》から跳ねるように立ち上がる。

「も、もしかして、もうゲージ溜《た》まってるの⁉」

「ベルの滾《たぎ》りは爆発寸前であります！　秒読み開始であります！」

ベルさんは異様なオーラを発しながら、両手で腰の両側を押すように叩いた。


『MAXIMUM MAIDEN POWER』


そんな電子音声が鳴り響いた。

ふぉーん、ふぉーん、ふぉーん。妙な響きがベルさんから発せられる。

これ、やっぱり待機音なんだろうか。

引き続き、ベルさんが両腕をクロスさせる。

「キャストアウェイであります！　キャストアウェイであります！」

そしてなんだかわけのわからない一連のポーズを取った。

いや、漂流してどうする。

そんなわたしのツッコミをよそに、ベルさんの小さな身体が純白の光に包まれた。目を刺すような閃光《せんこう》の洪水の中で、ベルさんのシルエットが粒子状《りゅうしじょう》になって散っていく。

そして一度拡散したその粒子が、再び一箇所に集まって人の輪郭を形成した。しかもその輪郭は先ほどまでのベルさんのような三頭身などではなく、ちゃんとした人間サイズなのだ。

そして、だんだん光が収束していく。

部屋の中がいつもの空気に戻ったそこにいたのは、

「わたくし、変身です」

スレンダーな体型のメイドさんだった。身長はわたしよりも大きいくらい。四肢は体操選手か何かを思わせるくらいしなやかに伸びているのに、メイド服からはこぼれるようなサイズの形のよい胸がつんと上を向いている。髪の毛もお尻《しり》の辺りまであるほど豊かだった。

雪膚《せっぷ》。柳眉《りゅうび》。花容《かよう》。そんな美しさを表わす言葉がそのまま当てはまるような美人だった。悔《くや》しいが、わたしがなりたいと思う女性の理想像が現実に立っている。

「べ、ベルさん……」

そう、突如現れたこの絶世の美女はあのベルテインなのだった。

電動侍女型機械人形。研究で海外へ行ったお母さんがお目付け役としてわたしに残したメイドロボ。しかしてその実体は、女性として生きようとするわたしを立派な男性に矯正《きょうせい》させる特命を帯びた、夜のお供だった。

「琥太郎様」

柔《やわ》らかく微笑《ほほえ》み、ベルさんがわたしを抱き上げる。

容姿どころか口調まで変わっていた。

ベルさんは、ぽふ、とわたしの身体をベッドに寝かせた。その上から、ベルさんが覆い被さってくる。

「べ、べべベルさん」

「ふふ、琥太郎様。そんなに緊張なさらないで」

「や、ちょっ——んっ⁉」

わたしは言葉を最後まで出せなかった。

顔を固定されてベルさんに口付けされてしまったからだ。

ベルさんはそんなに力を入れているようには思えないのに、どうしてもわたしは抗《あらが》えないでされるがままになってしまう。

ベルさんの唇、いつも柔らかくて熱い。

頭がぼうっとして、だんだん思考が曖昧《あいまい》になっていく。

唇を割って、わたしの口内に入ってくるものがあった。

ベルさんの舌だ。わたしの舌をからめ取るように情熱的に、別の生き物みたいに蠢《うごめ》いている。

ベルさんの舌を伝って、唾液《だえき》が流れ込んできた。深く考えられないわたしは、されるがままに喉《のど》を鳴らして飲んだ。

甘い。

なんでベルさんはこんなにも甘いんだろう。

もっと欲しくなる、まるで麻薬。

ベルさんが唇を離した。唾液の糸がベルさんとわたしを繋《つな》いでいる。

わたしは荒く息を吐いた。

「琥太郎様。殿方の身体は、女性に触れられると安らぐようにできているんです。気持ちよくなるようにできているんです」

「ひ――」

ベルさんがわたしのシャツの中に手を入れて、胸に触れた。唇とは対照的に冷たい指先が、火照《ほて》った身体に心地《ここち》よかった。

シャツが首元までめくり上げられる。

ちろり、とベルさんが赤い舌を覗《のぞ》かせた。そのままわたしの身体に顔を近付け、お腹《なか》の辺りに舌を這《は》わせていく。

「う、あっ……」

情けない声が漏れてしまう。

「気持ちいいでしょう。安心できますでしょう。それは琥太郎様が殿方だからです。どんなに外見を取り繕《つくろ》っても、男性は女性を求めるものですから」

「あぅ……」

「琥太郎様……わたくしはプログラムでこうしているのではありませんよ。琥太郎様を……あなたのお母様よりも。誰《だれ》よりもお慕《した》い申し上げているから、わたくしは自分の意志で琥太郎様を愛して差し上げたいのです」

「あ……」

「逆も然《しか》りです。わたくしは、琥太郎様に愛されたい。それは鉄の身体とか肉の身体とか関係なく、一人の女として、男の琥太郎様に愛していただきたいのです」

歌うように、ベルさんは美しい声音で囁《ささや》いた。

その言葉は、わたしの心をじわじわと責め上げる。

わたしの中がベルさんでいっぱいになる。

「わ、たし——」

折れかけた時だった。

不意に目を焼くような閃光が、部屋全体を包み込んだ。

思わず両手で視界を塞《ふさ》ぐ。

そうしてしばしの時、部屋に静寂がよみがえる。
チ、チ、と秒針が時を刻む音までがはっきりと耳に聞こえてくる。
光は……止《や》んだ?

恐る恐る、両手をどけてみる。

「ちぃっ！　時間切れであります！　時間切れであります！」

わたしのお腹の上で馬乗りになっている、小さい方のベルさんがそこにいた。

心底悔しそうに、親指の爪《つめ》を噛《か》んでいる。

「……ベルさん」

「やはりゲージのストックが1だとMAX状態も短いであります、短いであります」

「……ベルさん」

「また地道に通常技で溜めていくであります。However、コタロー殿も堕《お》ちかけたでありますし、このままでも悩殺はたやすいであります！　たやすいであります！」

「……ベルさん」

「うっふーん、であります。いらしてー、であります」

「……べぇールぅーさぁーんーっ！」

身体の上でメイド服をはだけさせてしなを作っているベルさんを跳ね飛ばして、その上から枕《まくら》を叩きつけた。

さらに枕の上から、エルボーを落とす。

「ぐぉっ!?　コタロー殿、タンマであります！　ダウン中は無敵のシステムであります、ダウン中は無敵のシステムであります！」

「うるさいよ、ベルさんのバカ！　そのまま地べたに這いつくばってればいいんだよバカ！」

枕元のぬいぐるみも投げる。

机の上の勉強道具も投げる。

それでも収まらずに、埋もれているベルさんを引っぱり上げ、その小さな背中に足裏を当てて、後ろ向きにベッドへと投げ捨てた。

「こ、これは伝説の土砂崩《どしゃくず》れ式巴《ともえ》投げであります！　土砂崩れ式巴投げでありーーーぺぎゅ！」

妙な鳴き声を発して、ベルさんは頭からベッドにめり込んだ。スプリングの反発力で二、三度ぼむぼむと跳ねてから、うつ伏せになったまま動かなくなる。

わたしは立ち上がり、全身を震わせながら、

「わたしは！　女の子なんだからぁっ！」

迸《ほとばし》るリビドーを天井に向かって放出するのだった。

◇◆◇◆◇

それではまたお便りします。

お母さんも体調に気をつけて、お元気で。


追伸。

帰ってきたら、いっぱい文句言ってやるんだからね。

2．深山さん家《ち》の食卓。

「コタロー殿、晩ご飯ができたであります、できたであります」

宿題をしていると、ドアを開けてベルさんが入ってきた。ドアノブはベルさんの頭の上にあるのだけど、どうやって開けるのかというと、彼女は器用なことに飛びついてひねるのだ。

「あ、はーい。行く行く」

きりのいいところでペンを置いて、ベルさんに続いて部屋を出る。ドアを開けるのも器用なら、ベルさんは階段を下りるのも実に巧みだった。自分の腰くらいある段差を、軽々と跳ね下りていく。とす、とす、とリズムのよい音を階段に響かせて。

居間には香ばしい匂《にお》いが満ちていた。

食卓には湯気の立っている料理が二人分並んでいる。わたしはお腹が鳴るのに任せて、テーブルに着いた。ベルさんも同じように椅子《いす》に座る。足が二倍以上長く、座る部分までに段差がある専用の椅子だった。

「今日のメニューはー♪　レンコンであります―♪　レンコンでありますよー♪」

歌うように、というより実際にベルさんは歌っている。

食卓を見た。

「これは？」

小鉢を指差し、聞いてみる。

「レンコンの甘酢漬けであります、甘酢漬けであります」

「これは？」

「レンコンと里芋《さといも》の炊《た》き合わせであります、炊き合わせであります」

「……これ」

「レンコンのお楽しみ揚げであります、お楽しみ揚げであります」

そして、茶碗《ちゃわん》にはレンコンの炊き込みご飯。見事なまでにレンコン一色だった。そうなのだ、ベルさんはどういうわけかレンコンが異常なまでに大好物なのである。

「いくら好きだからって全部レンコンにしなくても」

「レンコンはビタミンCが豊富で加熱しても失われないでありますし、料理法によって歯ごたえもいろいろ楽しめるであります、楽しめるであります」

ベルさんはレンコンを語らせるとうるさい。もっとも、わたしも嫌いではないのだけれど。

「いただきますであります、いただきますであります」

「いただきます」

甘酢レンコンに箸《はし》を伸ばす。ほのかな甘みと爽《さわ》やかな酸味、そしてしゃきしゃきとした歯ざわりでさっぱりとした食感だった。

「幸せでありますー、幸せでありますー」

ベルさんはご飯を食べ、炊き合わせをほおばりながら甘酢をつまみあげ、そして揚げ物に取りかかるという一連の動作をエンドレスに繰り返していた。

「ベルさん、お楽しみ揚げってなに？」

「食べてのお楽しみであります、お楽しみであります」

言われるまま、綺麗《きれい》な狐色《きつねいろ》に揚がっているレンコンをかじってみた。カリッとした歯ごたえの後に、レンコンではない味が口中に広がる。

「これ、ツナ？」

「であります。穴の中に詰め物をして衣をつけて揚げたでありますよ、揚げたでありますよ」

「へー」

なかなか面白いものを作る。ベルさんは曲がりなりにもメイド型ロボットなので料理の腕も抜群だった。わたしも料理には自信がある方だけど、さすがにベルさんには一歩どころか十歩くらい及ばない。

ベルさんの毎日のおいしいご飯に感謝しつつ、レンコン揚げをもう一つ口にする。

「……んーっ⁉」

食べた瞬間はなんともなかったのが、二口三口と噛んでいると不意に鼻を突き抜けるような刺激に襲われた。鮮烈すぎる風味に、目に涙が浮かぶ。

「当たったでありますな、当たったでありますな」

ベルさんがすべてを知っているかのように、水の入ったコップを差し出す。わたしはそれを奪うように引き寄せ、一息に煽《あお》った。

「うう、なにこれ」

「辛子《からし》レンコンであります、辛子レンコンであります」

「からし?」

「熊本《くまもと》の名物でありますよ、熊本の名物でありますよ」

ベルさんも同じように揚げ物を箸でつまみ、一口に放《ほう》り込んだ。場所から考えると、同じ辛子レンコンだろう。

「……大丈夫なの?」

「くーっ! この刺激がたまらんであります、たまらんであります」

手の平で鼻をすするように言う。仕草がおっさんくさかった。誰だ、この人にこんな動作をインプットしたのは。間違いなくお母さんだろうけれど。

「わたし、違うの食べるね」

「ロシアンルーレットが楽しいでありますに、楽しいでありますに」

そんなところで運を試したくありません。

ベルさんとわたしの食卓は、そんなふうに賑《にぎ》やかに、毎日過ぎていくのだった。

◇◆◇◆◇

「明日は素敵な夜のためにスッポン鍋《なべ》にするであります、スッポン鍋にするであります。生き血のワイン割りつきで」

「絶対にお断りです」

3. 琥太郎のスタイル。

昼休み真っ最中だというのに、わたしは校舎裏に呼び出されていた。日が当たらなくて表から死角になっているから校舎裏というわけで、ここはいわゆる不良のベストスポットだ。そんなところにわたしを呼び出したのも当然、

「逃げないでよく来たな、一年坊主《ぼうず》」

目に痛いくらい髪を金色に染め上げて耳にピアスをぶらさげた、テンプレートな不良だった。言葉を発した今の人がリーダー格だ。その両脇《わき》を、茶色のパンチパーマと黒のリーゼントが固めていた。今の時代、なかなか珍しくはある。

「落ちてる小石は転ぶ前に蹴飛《けと》ばす主義ですから」

慣れたものなので、臆面《おくめん》もなく答えた。わたしのその言葉で、不良の上級生はこめかみに青筋を立てたようだった。

始まりは入学式の一週間後くらいだっただろうか。ちょうど、わたしの特異ななりが周囲に知られ始めた頃《ころ》かと思う。一般的には明らかに異端なわたしだったが、なんとかクラスメイトも認知してくれたらしく、受け入れられるようになった時期だ。

もっともそれは同学年までで、上の人たちには未《いま》だ奇異《きい》の目で見られていた。

『男なのに女々《めめ》しい』と認識された人間は、得てして『自分より弱いだろう』という優越感の元になり、いつの時代もいじめの標的になるものだった。当時のわたしが上級生にはそう見えたのだろう。

そうやって、真っ先に難癖つけてきた連中が、今こうして目の前にいるこの人たちだった。絡まれた当日、叩《たた》きのめしてやったけれど。

それからというもの、ほぼ週一のペースでこうして熱心に校舎裏に招待されている。どうも彼らの怪我《けが》が完治する周期がそのくらいらしい。

「さんざっぱら舐《な》めくさりやがって。今日こそはその顔ぼっこぼこにしてやんよ！」

準備運動なのか、突きの連打を前方に空打ちするリーダー格の人。名前もあったはずだけどどうにも思い出せない。つまりはその程度の連中なのだった。

腕時計を見る。昼休み終わりまであと四十五分。ご飯を食べる余裕はあるか。嘆息して、わたしは心持ち拳《こぶし》を握って連中の動向をうかがう。

その時だった。

「ちょっと待ったコールであります！　ちょっと待ったコールであります！」

聞き慣れた声が、背後から。

振り向くと、そこには案の定、短い手足を懸命に振ってこちらに走り寄ってくるベルさんがいた。そのままわたしの前に立ち、不良からわたしを守るように両手を広げて仁王立《におうだ》ちする。

「べ、ベルさん。帰ったんじゃなかったの？」

先ほどわたしが忘れたお弁当を届けに来て、用事が終わったので帰ったはずのベルさんだ。

「コタロー殿のピンチを察知して戻ってきたでありますよ、戻ってきたでありますよ」

そんな機能もあったのか、ベルさんに。しかしピンチでもなんでもないものに反応したあたり、信頼性のなさそうな機能だ。

「ああ？　ンだこれ」

リーダー格の不良は、まるで妖怪《ようかい》でも見るような目つきでベルさんを睨《にら》んでいる。うちのクラスでは知れ渡っているとはいえ、上級生にとってはベルさんはまだまだ認知度が低い。というか、ない。初対面のはずだ、連中とベルさんは。

「コタロー殿に手を出すとベルが許さんであります！　許さんであります！」

なんの躊躇《ちゅうちょ》もなく、ベルさんが不良どもにずんずんと大股《おおまた》で歩み寄った。

「べ、ベルさん、危ないよ」

「ははっ！　なにこれ、お前のボディガード？　このちっさいのが？」

金髪はベルさんの首根っこをつまんで、猫にするように持ち上げた。

「なにするでありますか！　離すであります、離すであります！」

じたばたともがくベルさんを、金髪は仲間の方に放《ほう》り投げた。受け取ったのは、リーゼント男。同じようにうなじの辺りを摑《つか》んで、ぶらぶらと吊《つ》るす。

「こいつ、意外とおもしれー」

「こうなったら実力行使するしかないであります！　メイドスティングであります！　メイドスティングであります！」

貫手《ぬきて》を作ってリーゼントに放つも、ベルさんのリーチでは空《むな》しく宙を射抜くばかりだった。

「サッカーできそうだよな。おーい、パスするぞパス。いーち、にーの——げぶらっ！」

ベルさんを振り回して蹴り飛ばそうとしていたリーゼントが、ほぼ真横に吹っ飛んだ。校舎の壁に頭から激突して、地面に転がる。そしてそのまま動かなくなった。

なんのことはない、わたしが殴り飛ばしたからだった。穏便に済まそうと思っていたけれど、連中の所業はさすがに目に余る。

「笘篠《とのしま》！　笘篠ぉおっ！」

金髪の男が、昏倒《こんとう》したリーゼントに走り寄った。

「て、てめ」

茶髪パンチパーマが腰砕けの姿勢のまま、わたしを睨んでくる。

でも、そんなものはなんの効果もない。

「先輩がた、一つ覚えておくといいです」

できるだけ声を抑えて、しかし確かな威圧を言葉に乗せて。それにびくりと身体《からだ》をすくませた後、パンチパーマは意味を持たない叫びをまき散らしながら、突進して殴りかかってきた。

わたしはその拳を摑み、引き寄せると同時に彼のみぞおちに狙《ねら》いを定め、肘《ひじ》をめり込ませた。

ごえ、と聞こえた。パンチパーマの身体がくの字に曲がる。さらに彼の後頭部を摑んで、その鼻っ柱を膝《ひざ》で蹴り上げた。今度は声も上げずにパンチパーマの彼は地面に仰向《あおむ》けにひっくり返り、砂埃《すなぼこり》を舞い上がらせる。

「ベルさんを殴ったり蹴ったりしていいのは、わたしだけなんですよ」

「杉浦《すぎうら》、杉浦っ！」

ヒステリック気味《ぎみ》に、金髪リーダーが声を張り上げる。うるさいことこの上ない響きを耳からシャットアウトして、わたしはリーゼント男の手から落ちて尻餅《しりもち》をついていたベルさんを優しく抱き起こした。

「ベルさん、大丈夫？」

「うう、傷物にされたであります。お嫁に行けないであります、お嫁に行けないであります」

「あはは、なに言ってんの」

「……時に、さっき聞き捨てならないことを言ったでありますな？　言ったでありますな？」

「んー？　気のせいじゃない？」

「てめえらぁ！」

再度、がなり立てる金髪。せっかく和んでいたのに、なんて騒々《そうぞう》しい。ベルさんを足下に下ろして、わたしはそちらを向いた。

「うるさいなぁ、もう」

「……へ、へへ。いつもならここで終わりだが、今日は一味違うぜ。先生、お願いします！」

金髪がわたしから視線を外《はず》す。顔はこちらに向けているが、目の焦点はわたしのさらに後ろの方に定まっているらしかった。ちら、と肩越しに背後をうかがう。

そこには、壁が立っていた。その壁は全高が一八〇センチほどだろうか。横幅は六〇センチくらいで、うちの高校の制服を纏《まと》っていることから、男子生徒だとわかる。後ろの金髪と同じ髪の色だが、染めているわけではなく地毛のようだ。なぜなら、その顔立ちは彫りが深く、鼻筋も長く、瞳《ひとみ》の色も黒くはないからだ。日本人には見えない。この壁は洋物のようだった。

「はっはぁ！　うちのクラスの交換留学生だ！」

なんでこの人がいばるんだろう。

交換留学生は肩幅も広く、がっしりとした筋肉質の身体を持っており、制服越しに隆々としたものが見えそうなほどだ。なるほど、彼が不良連中の用心棒のようだった。

留学生さんが、口を開く。

その形の良い唇から本場のイングリッシュが飛び出る前に、わたしは思いきり地を蹴って前に駆け出した。一呼吸の間に、彼の目の前まで接近。

左足で地面を踏みつけ、その反発力を殺さずに右足を後方に振り上げる。そうしてそこから彼の股の間を目がけて、足を跳ね上げた。

くしゃ、という音がしたと思う。何だか大切なものを蹂躙《じゅうりん》したような感触が靴を通して足の甲に伝わった。

交換留学生はその端整な顔に爽《さわ》やかな微笑を浮かべて、
そのまま顔から前のめりに倒れた。

彼の顔面と地面の間から、得体の知れない液体が流れている。泡でも吹いているらしく、粘液の破裂音なんかが聞きたくもないが耳に入る。護身術でよくやるが、副睾丸《ふくこうがん》を狙ったので後遺症はないと思う。戦意を喪失させるにはこれが一番だ。

「デシンセィぃぃぃっ!」

驚き役なのか、リーダーは。

わたしは振り向き、金髪男に向かってゆっくりと歩き出した。男はなぜか神妙そうな顔をして、なにかを考えているようでもあった。が、心底どうでもいいので気にも留めない。

手を伸ばせば触れ合う距離まで接近した。

彼がわたしを見つめる。

わたしも彼を見つめて、

「……俺《おれ》を倒しても、また第二第三の」

笑いながらサミング。

「うおおっ! 目が、目がぁぁぁっ!」

不良リーダーは両目を押さえてそこら中を転げ回った。

ステージ終了。リザルト。気絶3、戦闘不能1。

でもきっと、一週間後にはなにごともなかったかのようにまた呼び出されるんだろう。なら今ここで後腐れなく再起不能にすればいいのだろうが、さすがにそこまでやると過剰防衛で先生に怒られそうなのでやりたくてもやれない。結局はこんなやり取りが毎週続けられるということで、結構憂鬱《ゆううつ》だった。

「はぁ。行こ、ベルさん」

「お見事であります。やっぱりコタロー殿は男の子でありますな。口では嫌だ嫌だ言っても、身体は正直であります、正直であります」

「誤解を招く言い方しないの。わたしは女の子なんだもん」

腕時計を見る。ことのほか時間がかかってしまったようで、昼休みはあと十五分ほどしかなかった。まだお昼ご飯も食べていないのに。このまま午後の授業に突入すれば餓死はしないもののの、確実に学業に影響を及ぼしてしまう。

「それじゃ、わたし戻るね。ベルさんも、今度はちゃんと家に帰らなきゃダメだよ」

「承知であります。コタロー殿もしっかり勉学に勤《いそ》しむであります、勤しむであります」

ベルさんはひとしきり手を振った後、校門の方向にとことこと走り去っていった。その仕草がかわいらしくて、わたしはベルさんの姿が見えなくなるまで見守っていたのだった。

◇◆◇◆◇

「兄貴《あにき》ぃ……もうあいつに構うのよしましょうぜ」

「バカを言うな。まだだ、まだ足りねぇ……いいか、地べたに這《は》いつくばってこそ見える輝きもあるんだ」

「本音は？」

「あいつがハイキックする時、チラっと見えるんだよな」

「…………」

「ちょ、待て！　違うんだ！　今のはだな」

「……あいつは男ですぜ」

「当たり前だ！　あんなかわいい奴《やつ》が女なわけないだろ！」

「……俺に兄貴はいなかったんだ、最初から」

「いや、違うんだって！」

4．ベルさんと編み物とわたし。

「ただいまー」

家に入るなり、わたしは若干《じゃっかん》大きめの声で帰宅を告げた。玄関に腰をかけて、片方ずつ慎重に靴を脱いでいく。この靴は新品なので、まだ少々きついのだ。毎日履いているうちに慣れてくるだろうとは思う。

がちゃり、と背後から扉の開く音が聞こえた。ベルさんが出迎えに来たのだろう。ついで、とすとす、と柔らかい足音が床を伝ってわたしのお尻に響く。

おかしいな、と思った。ベルさんがわたしを迎える時は、いつも小走りだ。例によって短い手足で移動するので足音も、どたどた、のはず。なによりわたしの「ただいま」には即座に「お帰りであります！　お帰りであります！」と返してくれるはずだ。

ということは。

「お帰りなさいませ、琥太郎《こたろう》様」

背中に声をかけられ、弾《はじ》かれるように立ち上がり振り返る。

そこには、確かにベルさんがいた。

ただし、大人の方の。

ベルさんは床に両膝《ひざ》を突き、三つ指で深々と礼をした。

「末永くよろしくお願いいたします」

「なにが⁉　なにを⁉」

いきなり初夜の作法のお披露目《ひろめ》が始まった。やる気満々のベルさんの態度に、わたしは腰を引いてしまう。

「ふふ、冗談です」

まったく冗談には見えない笑顔で、ベルさんはゆっくりと立ち上がった。そしていつもそうするように、わたしの鞄《かばん》を持って階段の方へと歩き出す。別にわたしとしてはそんな使用人みたいなことをしてくれなくてもいいのだけど、ベルさんにしてみれば、これも仕事の一部なのだそうだ。だったら主人より先に階段を上っていいのかとつっこみたくなるが、深く考えないことにした。

「琥太郎様、本日はお早いお帰りなのですね」

「あ、うん。今日は当番じゃなかったから」

こう見えて、わたしは図書局員だ。昼休みや放課後にはカウンター業務や棚のメンテナンスをしたりする。

そんなことよりも。

「ところでベルさん、なんで変身してるの？」

ベルさんを追いながら、疑問に思ったことを口に出す。

「それがですね。もうゲージが九本溜《た》まってしまいまして、これ以上はストックできなくなりましたので。そうであれば、ここで変身してしまおうと」

「あー」

妙に納得した。

ベルさんの内部には家事等をすることによって蓄積するゲージが存在する。そのゲージが規定値以上に達すると、変身《キャストアウェイ》することができるのだ。そうして大人になった姿が、今こうして目の前にいるベルさんだった。

ちなみにキャストアウェイとは漂流とか難破《なんぱ》とかいう意味だ。トム・ハンクスもやっていた。間違っても変身じゃないし、脱皮でもない。意味がわからなかった。

「フルゲージなのでしばらくはこの姿でいられそうです」

唇を人差し指でなぞり、色っぽく微笑《ほほえ》むベルさん。小さい時の太陽のような笑顔とは違う、妖艶《ようえん》な表情だった。

ベルさんに付属しているマニュアルによると、通常形態がコンサバフォームと呼称するのに対して、変身後はセクスドフォームというらしい。

——セクスドフォームって直訳すると性的な形態だしなぁ。

ため息をついて、わたしは部屋の前まで来た。

ベルさんから鞄を受け取る。

「ありがとベルさん。じゃ、わたし着替えてくるね。下で待ってて」

「お手伝いは」

「いらないいらない」

丁重《ていちょう》にお断りした。

ベルさんは人差し指をくわえてしょんぼりしていた。

◇◆◇◆◇

「ベルさん？」

居間に行くと、ソファーに座ってなにかをしているベルさんの姿が視界に入った。

「琥太郎様。お夕飯までに、なにか軽くお作りしましょうか？」

「いや、全然いいんだけど」

「そうですか」

ベルさんは二本の細長い棒状の物を熱心にくねらせている。先端が緩やかに尖《とが》っているその棒から、赤い毛糸が伸びていた。その糸はベルさんの腰辺りに置いてある毛玉から繋《つな》がっているようだ。

「へー、編み物してるんだ」

俗に言う棒針編みという手法のようだ。棒針もかぎ針も使ったことのないわたしだけれど、道具の知識くらいは持っていた。

ベルさんの邪魔にならないように、その隣に腰かける。見ると、前々からやっていたのか、すでに結構な大きさにまで編まれていた。

「今のうちに完成させようと思いまして。小さい時のわたくしではなかなかできませんから」

「そりゃそうだね」

小さいベルさんが必死に棒針を動かしている姿を思い浮かべて、たまらずに吹いてしまった。毛糸で編むのではなく毛糸に絡まってベルさん自身が編まれてしまう光景が容易に想像できる。

慣れた手つきで巧みに棒針を操るベルさんの手先を眺める。

「ね、ベルさん」

「はい？」

「わたしにも編み物、教えてくれない？」

いつかやってみたいとは思いつつも、教本を見る限りちんぷんかんぷんで敬遠していた。でも、実際に編み方を知っている人が自分の身近にいるのならば、これはチャンスかもしれない。

「お教えすることはできません」

「……え」

最初は空耳かと思った。

次に、聞き間違いかと思った。

「お教えすることはできないと申し上げました」

ベルさんの口から、はっきりと拒否の言葉が発せられた。今までベルさんがわたしのお願いごとを却下した試《ため》しはない。だからショックだった。

なにかベルさんの気に障るようなことを言っただろうか。こちらに落ち度はなかったかと自問する。だけれど考えれば考えるほど、ベルさんを怒らせるような発言はしていないつもりだ。

「だ、ダメ、なの？」

「はい」

「そっか……ダメなんだ。うん、ごめんね……無理言っちゃって」

気持ちが際限なく落ち込んでいく。子供の時に親に叱《しか》られた気分を思い出した。ベルさんに無下にされることが、想像以上にこたえた。

「だって、ここでわたくしがお教えして琥太郎様が編み物を覚えてしまったら、ご自分ですべて編まれてしまいますでしょう？」

「……へ？」

悪戯《いたずら》っぽく笑い、ベルさんはとじ針に糸を通して、編み目にくぐらせて糸をはさみで断ち切った。そうして、できたものをわたしの首に巻きつける。毛糸の暖かく柔らかい感触が首筋

を優しくなでるようだった。

それはマフラーだった。

「琥太郎様が編み物を編めるようになってしまったら、わたくしが琥太郎様のために編んで差し上げることができなくなってしまうではありませんか」

「……あ」

そうか。

そういうことなんだ。

にこりと笑うベルさんはとても美しく魅力的で、女の子として生きていこうとしているわたしだけど、胸が高鳴るのを感じた。まともにベルさんの瞳《ひとみ》を見返すことができなくて、情けないけれど視線を逸《そ》らすしかなかった。

ほんと、ベルさんには敵《かな》わない。

◇◆◇◆◇

「でもベルさん、春先なのにマフラーはちょっと」

「……あら？」

5．チョコココロネ・ラプソディー。

学校帰り。いつも一緒に登下校している幼《おさな》なじみたちが今日はそれぞれに用事があったので、わたしだけ先に帰り道を歩いている。

本当は幼なじみたちの用事が終わるまで待っているつもりだったのだけど、それは悪いからと言われたので、しぶしぶ帰路に就《つ》いているわたしだ。一人は寂《さび》しいから好きじゃないのに。

「あれ？」

ふと、道路に面している見慣れない建物が目に入った。

道に飛び出すようにテントが張られ、その下にはショーウィンドウ。外見は丸太がいくつも組み合わさったような様子で、木造のペンションを思わせた。

そして、辺りに漂う小麦の焼けたような香ばしい匂《にお》い。

「こんなところに新しいお店ができたんだ」

ベーカリーBOARD。看板にはそう書いてあった。人類の起源でも研究していそうなネーミングのパン屋さんだった。

でも、いい匂いだ。お腹《なか》を刺激する芳香だった。午後は一五〇〇メートル走があったので、お昼のお弁当で貯《たくわ》えたカロリーも底を尽きかけている。少し寄って行こうと思った。おいしければ、また来る機会もあるかもしれないし、試してみても損はないだろう。

寄り道することに決め、わたしはパン屋の木製の扉を押し開けた。ちりんちりん、とドアベルが軽快で品のいい音を立てる。

店内は穏《おだ》やかな暖気に包まれていた。甘い匂いやバターの溶ける匂い、ソースやケチャップの匂いがない交ぜになって鼻腔《びこう》を刺激する。照明器具やカウンターなどの調度品は、ヨーロッパの片田舎《かたいなか》を思わせる意匠で統一されていて、雰囲気が大変よろしかった。

トレイとトングを取って、陳列されているパンを眺める。食パンから始まって、チョコやホイップクリームで色とりどりに飾りつけられた菓子パン。肉や野菜を包み、狐色《きつねいろ》にからりと揚げられた惣菜《そうざい》パン。中央にある保冷ケースにはパック詰めされたサンドイッチがところ狭しと敷き詰められている。

店内を見回って、わたしはチョココロネを一つだけトレイに乗せた。

そうだ、ベルさんにもお土産《みやげ》になにか買っていこう。

ベルさんが好きなものと言えば、

「レンコンだけど、まさかね」

ちくわにツナを詰めてロールパンで巻いたものならあるけれど、さすがにレンコンを用いた惣菜パンなんてあるわけが、

「……嘘《うそ》みたい」

あった。値札のかたわらに説明書きまである。『レンコン一本を大胆に使用し、穴の中にタマゴフィリングをふんだんに詰めました』らしい。ベルさんのお楽しみ揚げもそうだが、レンコンの穴とはなんと偉大なものなのだろう。

いささか信じられないけど、でも、よかった。ベルさんもこれなら喜んでくれるだろう。ベルさんの笑顔を思い浮かべながら、わたしはレンコンパンをトレイに取った。

こんなところだろうか。お財布をポケットから出して、トレイをカウンターに置く。

「お願いしまーす」

「いらっしゃいま——ああ⁉︎」

レジの人がすっとんきょうな声を上げる。なにごとかと思って店員さんを見てみると、

「ええ⁉︎」

わたしも同じような声を上げてしまった。なぜならその店員の人に、見覚えがあったからだ。

「一年坊主《ぼうず》、なんでお前が！」

いつもわたしに絡んでくる不良グループの、リーダー格の人だった。

「なんでって、パンを買いにですよ。先輩こそどうして」

「うっせぇな、バイトだよ！　文句《もんく》あんのかコラ！」

ひどい接客態度だった。せっかくいいパン屋さんを見つけたと思ったのに、これでは台無しだ。ここに来るのも、これが最初で最後になりそうだった。

先輩は金髪を三角巾《さんかくきん》の中にすべてすっぽりと収め、耳のピアスも外していた。校舎裏での彼とのギャップが激しかった。あと両目が充血しているように赤い。

「先輩、目が赤いですよ」

「てめぇのサミングでまだ痛《いて》ぇんだよ！」

バン、とカウンターを叩《たた》く。他のお客さんの迷惑になりそうだったが、幸か不幸か店内には今、お客さんはわたししかいない。他の店員さんは奥でパンを焼いているのだろう。

つまりこの場は二人きり。ああ、いやだ。

「先輩」

「んだコラ」

「わたし、お客さん。店員さん、接客態度最悪ですよ」

「……っ！　いらっしゃいませぇ……っ！」

声こそ努めて穏やかだが、その形相は小さい子供や主婦が逃げ出しそうなくらい物騒なものだった。店長さん、この人クビにしてください。

早いところ会計を済ませて出て行った方がよさそうだ。先輩の手元にトレイを押しつけて、催促するように財布を開いた。

「……ん？　コロネか」

「なにか文句あるんですか。早くレジ打っちゃってください」

「……ちょっと待ってろ」

少し考えるような仕草をしてから、先輩はわたしのトレイを掴《つか》んで、カウンターから出た。

「あ、ちょっと！」

わたしの制止も聞かずに、彼は店内を歩いていく。そして、ある場所で止まった。そこはチョコココロネが陳列されている棚だ。

先輩はなにを思ったか、わたしのトレイからコロネをトングでつまんで、棚に戻した。代わりにその奥のコロネをトレイに乗せる。そうしてカウンターまで戻ってくるのだ。

「よし、会計すんぞ」

「え、ちょっと。今のなんです？」

「このコロネ、俺《おれ》が焼いた」

「へ？」

「店長に内緒でマニュアルより五割増しくらいチョコ多めに詰めてあるんだ。お得だぞ」

「あ……」

見ると、そのコロネは確かにわたしが取ったものより膨らんでいるようだった。しかし不格好であり、コロネの意味である角笛というよりは、芋虫《いもむし》と形容した方がいいかもしれない。

お客さんが選んだものを買わせずに自分で選んでしまうなんて、ひどい店員さんだ。だけれど、学校にいる時の不良のリーダーとしての彼よりは、ここにいる無茶苦茶な店員の方がわたしは好きかもしれない。

「……でもこれ、実験台ってことじゃ」

「チョココロネ一点とレンコンパン一点お買い上げで二百七十八円になります」

無視された。教本そのままの上辺《うわべ》だけなトークで会計をする先輩。わたしはため息一つつき、財布から小銭を出した。先輩は慣れた手つきで紙袋にパンを詰め、ぶっきらぼうにわたしに差し出してくる。受け取って一応頭を下げ、わたしは店を出ようとした。

「おい、一年坊主」

ドアノブに手をかけたところで、背中に言葉を投げかけられる。

「はい」

「てめぇが泣いて謝るまで何度でも仕掛けてやるからな。覚悟しとけや」

「ふふ。そのたびに返り討ちです」

人差し指と親指で銃を作って、先輩を差す。それに応じてか、先輩は中指を突き立ててこちらに向けてみせた。場所がパン屋であるし、先輩もエプロン着用なので間違っても剣呑《けんのん》な雰囲気にはならない。

外に出て、お行儀悪く歩きながら紙袋からコロネを取り出す。

かぶりつくと、口中にチョコクリームの濃厚な甘みが広がった。確かに不格好な形ではあるけれど、味は悪くない。むしろパン生地も表面はパリっとしていて中はふんわりして、焼き加滅も言うことはなかった。

まあ、たまには。

あんなパン屋もいいんじゃないかと思う。

◇◆◇◆◇

翌日。

「へっへっへ。今日こそてめぇに吠《ほ》え面かかせてやるぜ」

「あ、先輩。昨日はありがとうございました。チョココロネ、とってもおいしかったですよ。また買いに行きますね」

「……兄貴？」

「……Leader？」

「ち、違うんだ！　お前ら、だまされんじゃねえ！　ありゃ心理攻撃だ！」

6. わたしたちが散歩に行く理由は、だいたいそんなになくて。

休日の昼下がり。お昼ご飯も食べて、わたしは暇《ひま》を持て余していた。この時間帯に面白《おもしろ》いテレビなんてやってはいないし、かといって部屋にこもってゲームしたり本を読んだりというのもよろしくない。簡単に言えば、身体《からだ》がなまっていた。

ソファーから立ち上がって、大きく伸びをする。首を回すと、乾いた音が身体に響いた。やっぱり少し運動した方がいいかもしれない。

キッチンの方では、ベルさんが洗い物をしていた。我が家のキッチンは小さいベルさんのために一新されたもので、常人の腰くらいの位置に足場がせり出してあるのだ。そこにベルさんが立てば、ちょうどコンロを操作したり蛇口《じゃぐち》をひねったりができる。もちろん、足場を気にしなければ普通の人にも使えるキッチンだ。

ベルさんは食器を次々と洗っていき、順次バットに重ねていく。わたしはキッチンに足を踏み入れて、かかっていた食器拭《ふ》きを取って食器の水気を拭《ぬぐ》い、棚に収納していった。

「ありがとうであります、ありがとうであります」

ベルさんだけに家事をやらせるわけにはいかない。ベルさんは確かにメイドロボかもしれないが、それ以上に大切な家族なんだから。家族を手伝うのは当然だ。

もっとも、そんなことは恥ずかしくて面と向かっては言えた例《ため》しがないけれど。

そうこうしているうちに、洗い物は終わった。

「ミッションコンプリートであります、ミッションコンプリートであります」

ベルさんはなにかをやり遂《と》げたような輝かしい表情で、額《ひたい》を手の甲で拭《ぬぐ》う。一つ一つの仕草がいちいちおっさんくさかった。

「それじゃ、わたしちょっと出かけてくるね」

「どこへ行くでありますか、どこへ行くでありますか」

「んー、そこら辺をちょっとお散歩。家でだらだらしてると、気《け》だるくなっちゃうからね」

「ふむ。一理あるでありますな、一理あるでありますな」

ベルさんは納得したように頷《うなず》くと、足場から華麗に飛び降りた。どす、と床が音を立てるが、ベルさんは片手で持ち上げられるくらい軽いので床は痛まないだろう。

「ベルさんも来る?」

「陛下も連れて行くでありますか?」

「うん、そのつもり」

「お供するであります、お供するであります」

こくこく、と首肯するベルさん。わたしはハンガーにかけてあったパーカーを羽織って、ベルさんと一緒に家を後にした。

道路に出て、すぐに直角に進路を変更。すぐ隣のお宅の門から、庭先を少し覗《のぞ》いてみた。

そこには、髪の短い女性の後ろ姿があった。ちょうどよく、飼い犬を連れて出ようとするところのようだ。

「おばさん、こんにちは」

声をかける。おばさんはわたしの声に振り向いて、破顔一笑《はがんいっしょう》した。

「あら、琥太郎《こたろう》ちゃん。こんにちは」

お隣の宮内《みやうち》さん家《ち》の奥さんだ。わたしの幼なじみの女の子、理々《りり》のお母さんでもある。飛びぬけて美人ではないが、それでも間違いなく美人の部類に入る人で、加えて愛嬌《あいきょう》を感じさせるかわいらしい人だった。常に柔和《にゅうわ》に微笑《ほほえ》んでいるのが特徴だ。

「えっと、ディアナ様お借りしていいですか?」

「あら、琥太郎ちゃんがお散歩に連れて行ってくれるの?」

「はい、そのつもりで」

「ごめんなさいね……本当ならうちの娘《こ》に行かせるべきなんだけど」

「あはは。理々もいろいろやることあるんでしょうから」

「多分、やることそんなにないいんじゃないかしら」

ふう、とため息をつくおばさん。いつも目を閉じているような表情をして、本当に前が見えているのか不思議ではある。

「いいですよ、わたしも運動したかったですし」

「琥太郎ちゃんは本当に気立てがよくていい子ねぇ……おばさん、琥太郎ちゃんみたいな娘が欲しかったわ。うちの子、あんなんで将来どうなるのかしら」

「は、はは……」

「琥太郎ちゃん、あの子もらってくれない？」

「……理々が男の子になったら考えます」

「くすん……琥太郎ちゃんに見捨てられたら、あの子本当にもらい手がなくなっちゃうわよ」

わたしの苦手とする方向に話が進みつつあるようだった。なんとなく座りの悪さを感じたので、話を逸《そ》らしてみることにした。

「そういえばこの間、母から国際電話かかってきましたよ。おばさんにもよろしく、って」

「あら。あいつ、向こうでちゃんと生活できてるのかしら。主に食」

「そうなんですよね……」

「学生の時からまともな生活送れてなかったし。今だって、家事はみんな琥太郎ちゃん任せなんでしょう？」

「ええ、まあ」

わたしのお母さんと理々のおばさんは、小学生の頃《ころ》からずっと同じ学校だったらしい。結婚した時期も同じ、子供を生んだ時期も同じ。居を構えた場所まで同じという。お母さんは腐《くさ》れ縁《えん》とうんざり気味に言っていたけれど、その表情は晴れやかだったことを思い出す。

「琥太郎ちゃんたちが去年、修学旅行に行った時だって。私が三食作ってやらなかったら、きっとあいつ餓死してたもの」

「はは……ご迷惑をおかけします」

「かと思ったら子供一人置いて単身海外なんて……帰ってきたら五メートルくらい地面と平行にぶっ飛ばしてやろうかしら」

空手四段のおばさんが言うとシャレにならない。わたしが不良たちにケンカで優位を保てているのも、中学に上がってからおばさんに稽古《けいこ》してもらったことに起因する。結果、わたしは自分のスタイルを貫いていられるので、おばさんには感謝してもし足りない。

「琥太郎ちゃん、大丈夫？　不自由してない？」

「あはは、大丈夫ですよー。むしろ母がいなくなって家事の手間が減ったくらい。それに、ベルさんもいてくれますし」

「……あら？　ベルテインさんは？」

そういえば、先ほどから姿を見せない。会話にも入ってこない。どこへ行ったのだろう、と庭を見回すと、

「陛下、ご無体であります！　ご無体であります！」

いた。大型犬に鼻を寄せられ、頰《ほお》を舐《な》め回されていた。

「あらあら。ほんと、ベルテインさんが好きねディアナも」

「ええ……あ、それじゃディアナ様お借りしますね」

「ええ。お願いしてもいいかしら。ごめんなさいね」

「一時間くらいで戻ってきますから」

おばさんにリードを借りて、ぺこりと頭を下げる。そして、ベルさんにじゃれついているグレート・ピレニーズに走り寄り、首輪にリードをかけた。

「うう……陛下はお戯《たわむ》れが過ぎるであります、お戯れが過ぎるであります」

「ベルさんが大好きなんだよ、きっと」

ベルさんの顔をハンカチで拭いてあげて、準備完了。しっかりとリードを握る。とはいえ、この犬種は表面上は忍耐強く穏やかなので、急に走り出したりはしないだろうけれど。

ちなみにこの子の名前はディアナという。わたしや理々、そしてもう一人の幼なじみの男の子である耕平《こうへい》はディアナ様と呼び、ベルさんは陛下と呼んでいる。なぜ様づけなのかと理々に問えば、「ディアナ様を呼び捨てになんて、できるわきゃねーでしょ！」と返ってきた。生まれた時からずっと一緒だけど、理々の考えることはたまによくわからない。ディアナ様がそんなに好きなんだろうか。

言っておきますが、オスです。

「陛下、合体であります！」

「わふ！」

お互いが声をかけ合った。ディアナ様が伏せの体勢になって、ベルさんがその上にひらりと乗った。そしてディアナ様がその立派な四本の足で立ち上がれば、それは完成する。

まさに人馬一体、もといベル犬一体。和製ドンキホーテの誕生だった。

というか陛下を騎馬にしていいのだろうか、ベルさんは。

「コタロー殿、参るであります！　参るであります！」

「わふ！」

一人と一匹が催促してきた。苦笑しつつも、見ていると不思議と心が安らぐのを感じる。

「それじゃおばさん、行ってきます」

「行ってらっしゃい、琥太郎ちゃん」

おばさんがにこやかに手を振って、送り出してくれる。

わたしたちの休日は、だいたいそんなふうにゆっくりと過ぎていく。

◇◆◇◆◇

「陛下！　超高速であります！　超高速であります！」

「やめなさいってば」

7．湯けむり、ふたり。

シャワーを止めて、髪を伝う滴《しずく》を手櫛《てぐし》で拭い取る。

備えつけの鏡を見て、ため息をついた。映っているわたしは、どこからどう見ても女の子の表情。これはいいのだ。わたしが望んだ姿なのでなんの不満もない。もともとの女性ホルモンが多いのだろうか、身体《からだ》の線は細いままだし、体毛も全然生えない。それなりに筋肉はついているけど、プロポーションを破壊するほどじゃない。自慢にはならないし本人に言うと蹴《け》り倒されそうだけど、理々《りり》よりもスタイルはいいつもりだ。

二次性徴後でもこうなのだから、一生このままでいられるかもしれない。

やっぱりわたし、女の子の方が向いてるんだ。

そう思っても、鏡から視線を南下させると、嫌でも目につく薄い胸。見事なまったいら。理々でさえ人並みにはあるのだから、劣等感を抱いてしまう。女の子として。

そして最大の難関が、そのさらに下の男の子の証《あかし》。胸ならばパッドやらシリコン注入やらでなんとかできるけれど、さすがにこればっかりは現状ではどうしようもない。大人になってから取っちゃうしかないのだろうか。

思考が妙に生々しい方向に進んでいた。

その時、不意に浴室のドアがスライドした。

「コタロー殿、入るであります！　入るであります！」

元気な声を浴室に響かせて現れた、小さな影。

「べ、べべベルさんっ！」

反射的に身体を丸めて、タオルで胸と股間《こかん》を隠す。ベルさんはメイド服もヘッドドレスも脱ぎ捨てて、丸裸《まるはだか》でタオル一枚だけ身体に巻きつけている状態だった。もっともベルさんの身体は度を超して小さいので、タオルのみでも十二分に全身を隠せるのだが。

「コタロー殿、ベルもご一緒するでありますよ、ご一緒するでありますよ」

「ちょ、恥ずかしいよ！」

「おや？　おかしいでありますな、おかしいでありますな」

「な、なにが」

「コタロー殿は自称女の子ではなかったでありますか？　ベルとおんなじでありますな。なにが恥ずかしいでありますか、恥ずかしいでありますか」

「……う」

やられた。ベルさんは最初からわたしの答えを予測して、逃げられないように言葉の包囲網を敷いていたのだ。迂闊《うかつ》だった。こうまで言われては、悔《くや》しいが否定のしようがない。

仕方ないので、黙認することにした。

「ベルのサービスカットでコタロー殿を悩殺であります、悩殺であります」

わたしが言い返さないのをいいことに、ベルさんはタオルを少しずらして胸元をちらちらと見せつけてくる。が、悲しいかな、大きい時のベルさんならまだしも、今のベルさんの色香に血迷うほどわたしは飢えてはいない。

「とりあえず、寒いからドア閉めて」

「なっ⁉　コタロー殿はテンプテーションの見切りを会得《えとく》しているでありますか⁉　会得しているでありますか⁉」

ベルさんは心底愕然《がくぜん》としているようだった。わたしとしては、どうして自分のサービスカットにそんなに自信を持てるのかがわからない。

「いいからほら、座りなよ」

わたしはタオルを腰に巻いて、座っていた椅子《いす》をベルさんに譲った。しょんぼりと落ちこみつつも、ベルさんはちょこんと椅子に座る。切りそろえられたボブカットがとてもかわいらしく、メイド服を着ている時とはまた違った印象を抱かせた。

「ベルさん、タオル取って」

「あん、であります。コタロー殿、強引であります、強引であります」

「……背中流してあげるから、早く取りなさい」

ベルさんからタオルをはぎ取って、ボディソープでスポンジを泡立たせる。そしてベルさんの白い背中を優しくこすってあげた。電動人形なのに身体を洗う必要があるのかと疑問に思ったけれど、ベルさんは普通にご飯も食べられれば、涙を流したり鼻をかんだりもできるので、老廃物もそれなりに出るのだろう。どういう構造になっているのかさっぱり謎《なぞ》だ。

「はうーであります、であります」

「気持ちいい?」

「かゆいところに手が届くでありますー……届くでありますー……」

ベルさんはうっとりしたように呟《つぶや》いた。

「はい、あとは自分でね」

背中全体を洗い終えて、スポンジをベルさんに渡す。

「了解であります、了解であります」

手足が短いながらもベルさんは器用で、左足から始まって右足を洗い、腰から胸、そして両腕まで丁寧に泡まみれにしていった。そのひたむきさは、見ていると暖かな気持ちになれる。妹とか娘ができたら、こんな感じなんだろうか。

シャワーのコックをひねってお湯を出す。ちょうどいい暖かさに調節して、ベルさんの身体を洗い流した。ついでに頭にもシャワーをかける。

「目、閉じてた方がいいよ」

シャンプーを適量取り、お湯で薄めてからベルさんの髪の毛を洗っていく。こするのではなく、梳《す》くように。自分の髪の手入れをする時と同じ慎重さで。

「むむ！　目が、目が染《し》みるであります！　染みるであります！」

「あー、もう。ちゃんと閉じてないとダメだよ。ほら、タオル当てて」

小さく畳んだタオルを渡してやると、ベルさんはすぐさま目に当て、ごしごしと拭《ぬぐ》った。本当に、まるで子供みたいだ。

だけど、こんなひと時がたまらなく心地《ここち》よい。

そうして泡メイドと化したベルさんの頭を、シャワーで洗い流す。その最中も、ベルさんはタオルを目に当てて必死にこらえているようだった。

「はい、終わり。お疲れ様」

綺麗《きれい》に泡を流し終えて、タオルでベルさんの濡《ぬ》れた髪をまんべんなく拭う。この時も、決してこすってはいけない。頭皮が痛んでしまう。自分の時と同じか、それ以上に念入りに、ベルさんの髪の毛の水分を取っていく。

「ありがとうであります、ありがとうであります」

「ふふ、どういたしまして。さ、早くあったまろうよ」

浴室の床に残っている泡も洗い流して、浴槽のふたを取る。そして温泉の素《もと》によって白く濁った湯船に身体《からだ》を沈めた。冷え気味の末端から、じんじんと熱が伝わっていく。半身浴が身体に一番負担が少ないらしいが、わたしはたっぷり入った湯船に肩まで浸《つ》かる方が好きだった。

「とぉっ！　であります、であります」

ベルさんは浴槽の縁に両手をかけて、気合一閃《いっせん》、よじ登った。ちょうどベルさんの頭の位置まで浴槽の高さがあるので、こうでもしないと入って来れないのだった。

ということは。

「ベルさん、この深さじゃ溺《おぼ》れちゃうんじゃ」

「であります、であります」

「……わたしが抱っこしてなきゃダメなんだね」

「であります、であります」

なんとなく予想はついていたので、ため息をつきつつもベルさんを抱きかかえて、そっと湯船に入れてあげる。冷えたらいけないので、肩まで浸かるように気を遣った。

「ベルさん、一人で入る時ってどうしてるの？」

「少ないお湯で充分であります、充分であります」

「あ、そうなんだ……」

それはそれで省エネかもしれないが、ロボットなのにお風呂《ふろ》を必要とする時点で省エネとも言いがたかった。複雑な人だ。

「極楽でありますー、極楽でありますー」

畳んだタオルを頭の上に乗せて、鼻歌交じりでご機嫌な様子のベルさん。人間っぽいというかおっさんくさいというか、なかなか判断がつかない。
それにしても、濁《にご》り湯タイプの温泉の素でよかった。
お互い見られなくてもすむから。

◇◆◇◆◇

「しかしベルの鷹の眼《ホークアイ》をもってすればお湯の透過もたやすいでありますす、お湯の透過もたやすいであります」
「それやったら沈めるからね」

8．ブリリアントな午後。

「ふふんふふんふーん、でありますよ～♪　ふふんふふんふんふんふーん、でありますよ～♪」

ベルさんがご機嫌《きげん》な様子で鼻歌を歌っている。

『小さな願い』だ。ベルさんは洋楽が、それも少し昔のポップスやバラードがお好きなようだった。結構趣味が合うもので、たまにわたしの部屋で一緒にCDを聴いて過ごしたりする。

春の陽光でぽかぽかと暖かい庭先。ベルさんは子供の砂遊び用の如雨露《じょうろ》に水を入れて、花壇に水をやっていた。花壇と言ってもそんなに大それたものではなく、二メートル四方の土を耕してレンガで回りを囲っただけの簡素なものだ。

「さすがにまだ芽は出ないね」

「でありますな、でありますな」

つい最近種を蒔いたばかりなので当然だった。童話の柿の木か豆の木くらいに急速にはいかないものだ。

「伸びやかに～、であります、健《すこ》やかに～、であります」

ベルさんが小さな身体《からだ》で如雨露を抱えながら水をやっている姿を見ると、小学校の時の朝顔の観察日記を思い出して微笑《ほほえ》ましい。

「ところで、これなにを蒔いてあるの？」

「レモングラースとカモミールであります、レモングラースとカモミールであります」

どちらもハーブだった。ベルさんお得意のハーブティー用に違いない。相変わらず、なかなか芸の細かいことをする人だ。

「てっきりレンコンでも栽培するのかと思ったよ」

「レンコンは水のあるところでないと育成できないであります、育成できないであります。庭に水を張っていいでありますか？」

「……それはダメかな」

ここで肯定したら、ベルさんなら大喜びでやりかねないので、首を横に振っておいた。

「残念であります……残念であります……」

本当にがっかりしている。危ないところだった。

「ほら、ベルさん。そろそろ座ってお茶しようよ」

「そうでありますな、そうでありますな」

手招きすると、ベルさんは如雨露をかたわらに置いた。

庭には、陽光の当たるところに白いテーブルが設置してある。常備しているものではなくて、今日この日のために出してきた、アウトドア用の折り畳めるテーブルだ。簡素な構造ながらもゆったりとした広さがある。

椅子《いす》は四つ。一つはわたしが座っている。もう一つはベルさん専用の、階段付きの特注品。残る二つはというと、

「琥太郎《こたろう》ちゃん、お待たせ」

声のした方を振り向く。勝手知ったるお隣さんといった様子で、ごく自然に入ってきたのは理々《りり》のおばさんだ。相変わらずのほほんと柔《やわ》らかい微笑《ほほえ》みを浮かべている。その足下《あしもと》には、一匹のグレート・ピレニーズ。ディアナ様だ。

「いらっしゃい、おばさん」

「リリ嬢《じょう》の母上、お待ちしていたであります！　お待ちしていたであります！」

「わん！」

「もちろん陛下もであります！　陛下もであります！」

今日もベルさんとディアナ様はツーカーのようだった。

「お招きありがとうね、琥太郎ちゃん」

「いいえー。一度はこういうこと、してみたかったですし」

そもそも庭にテーブルと椅子を出してまでなにをやるのかと言うと、いわゆるアフタヌーンティーという催《もよお》しをやってみたかったからだ。昼下がり、暖かな日の光を浴びながらお茶とお菓子を嗜《たしな》む。そういう雰囲気に憧《あこが》れていた。

「お呼ばれされたのに手ぶらもなんだから、お菓子焼いてきたの」

そう言って、おばさんは持っていたお皿をテーブルに置いて、上にかかっていたナプキンを取った。ふわり、と香ばしく甘い香りが立ち上る。

「わぁ。わたし、おばさんのマドレーヌ大好き」

「そう思ってね」

綺麗な狐色《きつねいろ》に焼けたマドレーヌが、放射状に皿を彩《いろど》っている。ますます午後のお茶会というムードが高まってきた。

三人分のカップに、ポットからお茶を注《そそ》ぐ。今日はシンプルに紅茶だ。レモンとミルクを添えたソーサーに、一つずつ置いていく。

しかし、席は四つ。ディアナ様が座るわけではもちろんない。残り一つの空席はといえば。

「やっぱり、理々は来ないですね」

「ごめんなさいね。なんとか連れて来ようかと思ったんだけど」

「理々の気持ちはわかるんですけどね」

「お茶会も、そんな女の子っぽいことは嫌だって」

「お茶会が女の子っぽいから嫌なんじゃなくて、わたしが女の子っぽいことをやるのが嫌なんですよ、きっと」

「だからって。男の子っぽくても女の子っぽくても、琥太郎ちゃんって子が変わるわけじゃないでしょうに」

「わかることはわかるんですよ。女の子のわたしに、男の子のわたしを取られたくないんでしょ。理々の気持ちは、ずっとそうだったから」

生まれてからずっと一緒に過ごしてきたという自負はあるから、理々の考えていることは多少なりとも理解しているつもりだ。わたしのこのスタイルにずっと反発しているのも。かといって、今さらこの生き方を変えるなんてことはできないし、するつもりもない。

結局、わがままなのはわたし一人なんだ。

「うう……ベルが至らないばかりに、リリ嬢にもご苦労をかけるであります、リリ嬢にもご苦労をかけるであります」

「いや、ベルさんはずっと至らなくてもいいって」

「ベルの存在を全否定したでありますな！　全否定したでありますな！」

「ふふ」

わたしとベルさんのやり取りを見て、おばさんは子供を見守る母親のように暖かく微笑んだ。

「はは。あんまり笑わないでください……」

「琥太郎ちゃんとベルテインさんを見てると、まるで何年もそうしていたみたいな感じがするわね。ほんの数ヶ月の話なのに」

「ベルとコタロー殿の絆《きずな》は永遠であります！　不変であります！」

「……あの子も、そうやって素直に琥太郎ちゃんに接すればいいのに」

「え？」

おばさんの言葉の意味がわからなくて、聞き返す。

「さあ、お茶が冷めちゃうわ。早くいただきましょう。ディアナもいつまでもおあずけに耐えられるものじゃないし」

言われて、ディアナ様を見る。

なにかを語りかけてくるような深い瞳《ひとみ》は、ただ一点を見つめていた。

マドレーヌ。

「おお！　これは気づかずに失礼したであります、陛下！　献上するであります、献上するであります！」

ベルさんはマドレーヌを一つ摑《つか》み、ディアナ様の鼻先へと差し出す。瞬間、ディアナ様のその瞳がきらめいたのをわたしは見逃さなかった。大きく口を開けて、ディアナ様はマドレーヌをぱくりと一口でほおばった。

ベルさんの手ごと。

「陛下！　陛下ぁぁっ！　ご乱心であります！　殿中でありますよ、殿中でありますよ！」

いえ、ここは立派な殿外ですが。

ベルさんが腕を振り回してもディアナ様は動じずに咀嚼《そしゃく》している。大物の器だった。

「ふふ」

「あはは」

そんな光景を眺めながら。

わたしとおばさんは昼下がりの陽光の中でカップを傾け合い、しばしのゆったりとした時を過ごしていた。

◇◆◇◆◇

「うう、危うく陛下に謀反《むほん》を企《くわだ》てそうになったであります、企てそうになったであります」

「グレート・ピレニーズって元は護羊犬で、今でも闘争心を心の底に潜ませてるんだって。ベルさん、勝てる?」

「……ベルは忠臣であります！　忠臣であります！」

9．学校までは何マイル？

それは洗濯を終えて、廊下を掃除している時でした。

我ながら見事なコーナーリングで雑巾《ぞうきん》がけをしていると、ふと玄関に目が行きました。そしてわたくしは発見してしまったのです。

「むむ、あれは！　であります、であります」

雑巾がけの手を止めて、わたくしは玄関を注視しました。作業を中止して注視、わたくしもうまいことを言うものです。

それはそれとして。

わたくしが着目したのは、正確には玄関の靴棚の上に乗っている物でした。わたくしの目に間違いがなければ、それは、

「お弁当であります、お弁当であります！」

見覚えのある水玉模様のナプキンに包まれた、楕円形《だえんけい》の箱。まぎれもなくそれは、琥太郎《こたろう》様のためにわたくしがお作りしたお弁当でした。

思い起こせば、今朝《けさ》は琥太郎様にしては珍しく髪の毛のセットに手間取っておられたご様子。お弁当を受け取るなり、いつもは鞄《かばん》にしまい込むのに、そのまま手に持って居間を出て行か

れました。その時に、玄関に置いたままお忘れになったのでしょう。

いつもはわたくしも玄関までお見送りするのですが、今日に限っては琥太郎様もお見送りはいらないと、一分一秒も惜《お》しむようなご様子で出て行ってしまわれたのでした。

あるいは、それでもなお、お見送りしていれば早急に気づくことができたかもしれません。迂闊《うかつ》でした。これではメイド失格というものです。

しかし、いつまでも悔やんでいる暇はありません。汚名は返上するものなのです。

「今は……十一時でありますか。三時間目といったところでありますな、三時間目といったところでありますな」

確か琥太郎様の通われる学校は、九時に授業が始まり、五十分授業の後に十分間の休み時間というサイクルで六時間目まであるはずです。

「お届けに行くであります！　お届けに行くであります！」

今から出発すれば、お昼休みまでには間に合います。仮にお弁当がなくても琥太郎様は購買部でパンなりおにぎりなりを買われるでしょうが、わたくしが愛情を込めてお作りしたお弁当を召し上がっていただきたい。オートメーションによって生まれた冷たい大量生産の塊《かたまり》に負けるわけには参りません。

善は急げとばかりに、わたくしは靴棚に飛びついて、よじ登りました。そしてお弁当を摑《つか》んで飛び降ります。掃除が中断されたままというのは心苦しいのですが、背に腹は替えられません。戸締まりをきちんとして、わたくしは外に出ました。

「うむう……困ったでありますな、困ったでありますな」

ここで問題が浮上します。今のわたくしのこの短い手足では、遥《はる》か遠くの学校まで相当な時間を費やしてしまうのです。キャストアウェイしようにも、昨晩でゲージはすべて消費してしまっていたのでした。なんのために変身したかは、乙女《おとめ》の秘密です。

「かくなる上は……プラン３０３Ｅであります！　プラン３０３Ｅであります！」

プラン３０３Ｅ。

それはこの小さな身体《からだ》に俊敏な機動性を与えてくれる作戦でした。他に攻撃力を高めるコンセプトＸ６-１-２など様々《さまざま》なものがあるのですが、この場には関係ないので割愛致します。

ともあれ、わたくしはお隣の宮内様のお宅の庭先に駆け込みました。

「あら、ベルテインさん？」

そこにはタイミングよく、理々様のお母様がいらっしゃいました。ディアナ様のかたわらで、手にリードをお持ちになっているところを見ると、これから散歩に行かれるようです。これは好都合でした。

「リリ嬢の母上、お願いがあるであります、お願いがあるであります」

「あら、どうしたのかしら？」

「陛下をお貸し願いたいであります！　お貸し願いたいであります！」

「ディアナを？」

頷《うなず》いて、わたくしはお弁当の包みを理々様のお母様にお見せしました。

「コタロー殿がお弁当を忘れて行ってしまったでありますよ、お弁当を忘れて行ってしまったでありますよ」

「あらあら……それでディアナね」

「であります、であります」

「ええ、いいわよ。遠慮しないで」

「ご賢察感謝であります！　ご賢察感謝であります！」

「……あ、ちょっと待って。どうせ学校に行くならベルさんにお願いしたいことがあるんだけど、いいかしら」

「どんと来いであります！　どんと来いであります！」

理々様のお母様はわたくしにリードを手渡して、一旦《いったん》お家《うち》の中に入ってしまわれました。残されたわたくしは、ただぽつんと理々様のお母様を待つのみです。

ディアナ様がお弁当の包みに鼻先をつけて、しきりに匂《にお》いを嗅《か》いでいました。

「陛下、ダメであります。これはコタロー殿のためにベルが作った愛妻《あいさい》弁当でありますよ、愛妻弁当でありますよ」

「くぅーん……」

きっぱりと告げると、ディアナ様はがっかりしてしまいました。頭《こうべ》を垂れて、上目遣いでこちらを見つめてくるのです。

「その代わり、あとで陛下にはベル特製のババロアを献上するでありますよ、ベル特製のババロアを献上するでありますよ」

「わぅっ！」

一転して、ディアナ様の丸く大きな瞳が輝きました。

「待たせてごめんなさいね、ベルテインさん」

そうこうしているうちに、理々様のお母様がいらっしゃいました。手には白い紙のようなものと、小さな布袋らしき小物をお持ちでした。

「それはなんでありますか？　なんでありますか？」

「あの子ったら、進路調査のプリント忘れてっちゃったのよ。今日が提出なのにね」

そういえば、琥太郎様も昨晩、そのようなものを記入されていた気がします。

理々様のお母様からプリントを受け取りました。表向きに渡されたので、図らずも文面が見えてしまいます。

第一希望、お嫁さん。

第二希望、精神科医。

第三希望、それでもダメなら最終手段でお婿《むこ》さん。

「……え。ネタでありますか？　ネタでありますか？」

「それでもあの子、すごく悩んで書いてたのよ」

ふう、とため息をつく理々様のお母様。『誰《だれ》の』お嫁さんやらお婿さんと書かれていないことがものすごく気になりますが、とりあえずは無視です。ガン無視です。そもそも第一から第三の内容は希望の進路ではなくて段階のような気もしますが。そして第二希望で目的を果たせば第一希望に戻りそうな気もしますが。

「承知したであります。リリ嬢に必ずお届けするでありますよ、お届けするでありますよ」

「ええ。あと、お弁当はこれに入れて行くといいわ」

理々様のお母様はお弁当を、手持ちの布袋らしき小物に入れました。よくよく見るとそれは、小さなナップザックのようでした。

「これを、でありますか？　でありますか？」

「ええ。ベルテインさん用に、キルティング生地で作ってみたの。サイズ、合うかしら」

理々様のお母様は、母親が我が子にするようにわたくしにナップザックを背負《せお》わせてくださいました。それはあつらえたように、わたくしの肩幅にぴったりと収まる大きさでした。

そしてなにより嬉《うれ》しいのは、刺繍《ししゅう》で布地に『深山《みやま》ベルテイン』と縫われていることでした。

理々様のお母様はわたくしを深山家の者と認めてくださっているのです。

「素晴らしいでありますな！　リリ嬢の母上、ありがとうであります！　ベル、感激であります！　感激であります！　カッシーニであります！」

「ふふ、喜んでもらえてなによりよ。プリント、お願いね」

「了解であります！　陛下、参るでありますよ！　参るでありますよ！」

「わん！」

リードを持ったまま、ディアナ様の背中に軽やかに乗ります。これぞプラン３０３Ｅ、高機動型メイドの姿なのです。

「ではリリ嬢の母上、行ってくるであります！　行ってくるであります！」

「ええ、行ってらっしゃい」

「陛下、時を超えるであります、空を駆けるであります！　コタロー殿のためであります！」

「わぉーん！」

ディアナ様の身体が弾《はじ》かれたように走り始めます。

お昼休みまで、あとわずか。

わたくしとディアナ様は一陣の風と化して町内を駆け抜けるのでした。

◇◆◇◆◇

三時間目の終わりを告げるベルが鳴る。

先生が出て行くと間もなく、教室が喧騒《けんそう》に包まれた。それは教室だけではなく、学校全体が等《ひと》しく活力に満ちていた。

「うーん、まずったなぁ」

気づいたのは学校に来てすぐだった。お弁当を忘れてきてしまったのだ。今朝は慌しかったから、きっと玄関かどこかに置いたまま出てきてしまったのだろう。

「どうした、琥太郎」

斜《なな》め後ろの席で、幼《おさな》なじみの男の子、耕平《こうへい》が弁当箱を出しながら問いかけてきた。

「いや、今朝話したでしょ。お弁当忘れちゃったって」

「あー、言ってたな。じゃ、下でパンか？」

「それしかないんだけどね」

購買部に行けばパンは売っている。だけど、それはベルさんのお弁当には比べるべくもない。食べられないと改めて気づくけれど、毎日毎日、おいしいお弁当を作ってくれるベルさんには本当に感謝している。

「んー。琥太郎、半分食うか？」

そう言って、耕平は自分の弁当箱の包みを差し出してきた。

「え、だってこーへーの分が足りなくなるでしょ？」

「だからパン二個買ってきてな。で、一個くれー」

ああ、そういうのか。お互い半分ずつ分け合うということ。パンだけじゃ飽きるし、おかずも欲しい。うちの購買部にはパンかおにぎりのみで、お弁当は売っていないのだ。

「……いいの？」

「いいよ」

耕平が笑う。彼のそんなさり気ない優しさが、わたしは大好きだった。

耕平は幼なじみで、小さい頃《ころ》からずっと理々と三人で行動していた。理々とは違い、わたしのこういう性癖にも理解を示してくれている。落ち着きがあり、同年代とは思えない気遣いを見せて、まるでお兄さんのような老成さがあった。

こういう人のお嫁さんになりたいと思わせるナイスガイだ。もっとも、生まれてから今まで兄弟のような付き合い方をしてきたので、今さら恋愛感情に発展したりはしないけど。

「それじゃ、わたしパン買って――」

ゴン！

そんな音がして、わたしの声が遮断された。

見ると、理々が自分の机をわたしの机にくっ付けていた。理々の席はわたしの前だ。常になにかに対して怒っているような仏頂面《ぶっちょうづら》と三白眼《さんぱくがん》で、揺れるツインテールが今にも意志を持って襲いかかってきそうで怖い。

理々の机の上には、ピンクの花柄の包み。

「三つ」

「え？　え？」

「パン、三つって言ってんのよ」

「……はい？」

ちゃんとしていればとてもかわいいだろうに、理々は眉《まゆ》を逆立ててなんだか不機嫌そうだ。

「パン、三つ。お弁当、三等分。ＯＫ？」

「え、何で？」

「い・い・か・ら・とっとと買って来なさい！　あたしはカンパニーつくねカツタマゴ！」

「うわ、一番高いパン。理々、お金持ちなんだね」

「あんたのおごりよ！」

「なんで⁉」

なんで理々はこんなに怒っているのか。どうしてわたしが三つもパンを買ってこなければならないのか。耕平がなにも言ってくれないのはなぜなのか。さっぱりわからない。

ううう、お金足りるかな。

手持ちを確認しようと、財布を開いた時だった。

「やはりそういうことでありますな！　やはりそういうことでありますな！」

教室の扉が勢いよくスライドした。

そこから躍り出た小さな影はまごうかたなく、

「ベルさん⁉」

我が家が誇る……誇れるか？　ともかく、ＥＭＡ初号機その人だった。

「ちょ、なんでポンコツがここに来てんのよ！」

「ポンコツとはご挨拶《あいさつ》でありますな、ご挨拶でありますな、リリ嬢」

理々の言葉に、ベルさんは少しむっとしたようだった。そんなベルさんを、わたしは抱きかかえて机の上に乗せた。

「どうしたのベルさん。ダメだよ、学校に来ちゃ」

「ベルはコタロー殿にお届けに来たでありますよ！　お届けに来たでありますよ！」

ベルさんは、背負っていたナップザックを机の上に下ろした。紐《ひも》をほどいて、口を開く。

「あ、お弁当！」

「であります、であります」

「それでここまで……ごめんねベルさん、遠かったでしょ」

「陛下にご一緒していただいたであります！　いただいたであります！」

ああ、例のプラン３０３Ｅという奴《やつ》か。実際はディアナ様に乗っかっているだけなのだけれど、ベルさんは頑《かたく》なに譲らないのだ。

「あんた、またディアナ様を連れ出したのねぇ！」

「リリ嬢にはこちらをお届けであります、お届けであります」

「なによ」

ベルさんが差し出した紙を受け取る理々。

「今日提出のプリントでありますな？　今日提出のプリントでありますな？」

「――っ!?　あんた、まさか中見たんじゃ」

「はて、なんのことやらであります、なんのことやらであります」

「とぼけるな！」

「濡《ぬ》れ衣《ぎぬ》であります、濡れ衣であります」

そう言って、ベルさんはひらりと机の上から床に降り立った。

いつの間にかわたしたちの周《まわ》りには人だかりができている。ベルさんが目当てなのだろう。

以前にいろいろあって、ベルさんはクラスで異常なほど注目を集めていた。

「では、ベルは帰投するであります、帰投するであります」

「あ、ベルさん！」

「なんでありますか、なんでありますか？」

「お弁当、ありがと。よく味わって食べるね」

「恐悦至極《きょうえつしごく》であります！　恐悦至極であります！」

びし、と敬礼して、ベルさんは走り出す。周りを囲んでいた生徒たちが、まるでモーゼの十戒《じっかい》のように割れてベルさんの通り道を示していた。

と。

ぴた、とベルさんが足を止める。

そしてこちらを、正確には理々の方を向き、

「いいとこ第二希望でありますな、第二希望でありますな」

にやり、と口の端を歪《ゆが》めた。

「――っ！　ベル助えええええっ!!」

怒髪衝天。理々の形相《ぎょうそう》はそんな形容がふさわしかった。

がた、と乱暴に理々が席を立った瞬間、ベルさんも身を翻《ひるがえ》して猛ダッシュを開始した。それを追おうと、理々が足を一歩踏み出し――かけたところで、耕平が理々の足を引っかけた。

「ぎゃぅ!?」

顔から派手に床へ突っ込む理々。

「こーへー、ナイス」

「よし、飯食うか」

「……あんたらぁ」

むくり、と幽鬼《ゆうき》のように理々は起き上がる。

その時すでに、ベルさんは影も形もなかった。

そんなこんなで、わたしのお昼ご飯は今日も安泰《あんたい》だったとさ。

◇◆◇◆◇

「ところで理々、進路調査になんて書いたの？」

「……っ！　あんたに関係ねーじゃねーのよ！」

「いひゃいいいひゃい！　ひっはあはいへ！」

10. Home sweet home

「ただいまー」

予想外に遅れて帰宅して、扉の鍵《かぎ》を閉めて玄関で靴を脱ぐ。

少しの違和感。いつもならベルさんのお出迎えがあるはずだ。前みたいに大人のベルさんが迫ってくるのでもなく、まったくの無反応。手が離せないなにかをしているのだろうか。

別に出迎えないのが悪いと言っているわけではない。どこかの王侯貴族じゃないんだし、わたしはそんな狭量《きょうりょう》な人間ではないつもりだ。ただ、帰宅して真っ先のベルさんの笑顔が、安心できるのは事実なのだ。学校で嫌なことがあっても忘れられるし、いいことがあったらもっと気分が晴れやかになる。

わたしにとってベルさんとはそういう人だ。

ベルさんの姿を求めて、わたしは居間に向かった。

テレビは消えている。なにかをする物音もない。というより、部屋全体が薄暗い。腕時計を見ると、六時を少し回った頃だ。そろそろ明かりを点《つ》けてもいい時間だと思うのだけれど。

なにかあったのだろうか。

「あ」

ベルさんの姿を探して部屋を見回し、そこでわたしはこの状況の理由を知った。

問題の人は、ソファーで横になって寝息を立てていた。小さい胸が、規則的に上下している。

「くー……くー……」

「あは、かわいいなぁ」

ベルさんの寝顔を見つめる。自分の子供を天使と形容する親の気持ちがわかるような気がした。起きている時は別として、確かに寝ている時は無垢《むく》そのものだ。

お昼寝中だろうか。そもそも曲がりなりにもロボのベルさんが睡眠なんて必要なのだろうか。いや、あり得る。あの母親なら面白半分にいろいろな機能をつけそうだ。実際、うちにある掃除機はお母さんの作品だけど、後部が冷風扇になっている。水を入れたらちゃんと涼しくなるのだ。意味がわからなかった。ゴミを吸い込んだ物体から冷風が流れるのは気分的に最悪なので使ってはいないが。

それにしても、今までわたしが帰る時間まで午睡《ごすい》していたことはなかった。お疲れ気味なのだろうか、今日のベルさんは。

思い返してみれば、ベルさんには負担をかけすぎたかもしれない。家事はほとんどがベルさん任せだし、ベルさんもこの小さい身体《からだ》で家の中を一手に引き受けているわけだから、それは疲れもするだろう。

わたしもお母さんの世話から解放されて自分の時間が増えた。やりたかった課外活動もできるようになったのが嬉《うれ》しくて、今日のようについつい帰りが遅くなりがちだった。

「ごめんね、ベルさん」

起こさないように小さく声をかけて、タオルケットをベルさんの身体にかけてあげた。

さて。

ベルさんにはこのまま休んでもらって、今日の晩《ばん》ご飯はわたしが作ろう。キッチンの電気をつけて、なにを作ろうかと思案する。

昨日の夕食は鯖《さば》フィレーと麻婆豆腐《マーボーどうふ》、それとほうれん草のおひたしだった。ベルさんは中華料理が得意だけど洋食は大得意で、和食は超得意だ。わたしも肉より魚派なので、必然的に食卓は和風になる。

今日もそうしようかと思い、まず冷蔵庫を開けた。

「……うわぁ」

野菜室には、おびただしい量のレンコンの水煮パックが備蓄されていた。ベルさんは生のレンコンが手に入ればこの上ないが、なければ水煮も用いる柔軟さを持っている。はたして柔軟なのかと問われれば、自信がないが。

せっかくわたしが代わりに作るのだから、ベルさんの好きなものにしよう。そう考えて、レンコンの水煮を二パックほど取り出した。一緒に人参《にんじん》とごぼうも出しておく。棚に高野豆腐《こうやどうふ》と干し椎茸《しいたけ》の残りがあったはずだから、それも使う。

ボールを三つ用意し、それぞれに水を入れる。一つは高野豆腐を戻すため。もう一つは干し椎茸。そしてもう一つはごぼうのアク抜き用だ。

乾物を戻している間に、人参とごぼうの皮を剝《む》いて乱切りにする。ごぼうは酢を少々入れた水にさらしておく。

もう一品くらい欲しい。冷蔵庫を物色していると、卯《う》の花を見つけた。おからはわたしの好きなおかずだ。煮物と入れるものが被《かぶ》るけど、別にいいだろう。

切った材料を鍋《なべ》に放《ほう》り込み、ベルさんのためにレンコンもたくさん入れて、椎茸の戻し汁と二番だし、醬油《しょうゆ》、みりん、酒、砂糖で煮る。分量は秘密。理々のおばさんに習った味つけだ。落し蓋《ぶた》をして弱火で煮詰めている間に、卯の花で炒《い》りおからを作る。考えてみれば野菜と大豆しか使ってないな、今日の料理。健康的で大変よろしかった。

あとは煮物の味が馴染《なじ》むまで、じっと待つ。

ことこと、ことこと。落し蓋が震える音が単調なリズムを刻んでいた。そんな中にいると、ついつい思考が遠くに飛んでしまう。

お母さんは元気でいるだろうか。なんだかんだ言っても心配だ。相当無茶苦茶な人だけど、やっぱり実の親だし。

口ではあれこれ文句を言いながら家事をしていたけれど、つらいと思ったことはない。お母さんは出したものは必ず全部食べて、おいしいと言ってくれる人だった。それが嬉しくて、でも面と向かってそう言うのは恥ずかしくて、いつもわたしは照れ隠しでぶっきらぼうにしていたのを思い出す。

たまにはこちらから電話をしてみてもいいかもしれない。

鍋から漏れる湯気を見つめて、そんなことをぼんやりと考えていると、背後から物音がした。

「んー……コタロー殿、おかえりでありますー……おかえりでありますー……」

振り向くと、ベルさんがいた。タオルケットを引きずりながら、寝ぼけ眼《まなこ》をこすっている。

「おはよう、ベルさん。大丈夫？」

「大丈夫であります。ベルは最初からフィナーレでありますよ、フィナーレでありますよ」

「いや、それ終わっちゃうよ」

「むむ。もうこんな時間でありますか。夕飯を作らねばであります、作らねばであります」

「大丈夫だよ、今日はわたしが作ったから」

「うう、申し訳ないであります。ベル、メイド失格であります、メイド失格であります」

鍋の落し蓋を取って、レンコンを一切れ、箸《はし》でつまむ。熱いので吐息で冷ましてから、ベルさんに視線を合わせるように屈《かが》んだ。

「はい、ベルさん。あーん」

「あーんであります、あーんであります」

小さい身体に似合わない大きな口に、レンコンを放る。もしゃもしゃ、と咀嚼《そしゃく》するベルさん。

「どう?」

「おかわりであります！　おかわりであります！」

それがなによりの評価だった。瞳《ひとみ》を輝かせるベルさんを見ていると、わたしもとても嬉しい。

「じゃ、ご飯にしようよ。ベルさんは座っていいよ」

「うう。いつもすまないねぇ、であります、であります」

「それは言わない約束でしょ」

ノリのいい人だった。

おからと煮物を皿に盛りつけて、テーブルへ。もう一度キッチンに戻り、ご飯を二人分よそって、ベルさんと自分の席に置いて、椅子《いす》に座る。

「いただきますであります！　いただきますであります！」

「いただきます」

元気よく挨拶し、ベルさんは即座に煮物のレンコンに箸を伸ばした。わたしはおからを食べることにする。放っておけばベルさんがレンコンをすべて食べ尽くしてしまいそうだけれど、別にそれは構わなかった。そもそもベルさんのために作ったのだから。

「レンコンがシャッキリポンと舌の上で踊るであります、踊るであります」

「意味がわからないよ……」

しかも、どこかで聞いたような表現だった。

そんなこんなで、二人だけの夕食の時間が流れていく。

「ね、ベルさん」

「なんでありますか？　なんでありますか？」

「やっぱりさ、毎日一人で家のことやってると、疲れる？」

「そんなことは断じてないであります、断じてないであります」

「そう？　でも、今日みたいに眠くなる時もあるんでしょ。だったら明日からでも、ご飯作るのも交代でやるよ？」

しかしベルさんは、首を左右に振って否定の意を示した。

「それはダメであります、ダメであります」

「でも、さ」

「ベルはメイドであります。However、であります。それが仕事だからという義務感ではないでありますよ。コタロー殿のお役に立てることをベルはつらいとか大変だとか思ったことは一度もないであります、一度もないであります」

「あ……」

「だから、ベルの楽しみを取っちゃダメであります、ダメであります」

にぱ、とベルさんが笑う。

ベルさんの言葉が胸に染み渡る。それはわたしがお母さんの世話をしていた時の気持ちと同じだった。誰《だれ》かのためになにかをするという行為は、喜びに繋《つな》がる。ベルさんが自分と同じ思いを抱いていたことが、心底嬉しかった。

「じゃあ、さ。たまには、一緒にご飯作ろうよ」

「それは名案でありますな！　名案でありますな！」

「うん。じゃ、決まり。今度のお休みにでも、じっくりね」

「ベルも新しいネタを仕入れるでありますよ！　仕入れるでありますよ！」

わたしが小指を出すと、ベルさんも小指を絡ませてくる。

指きりげんまん。

次の休日は豪勢なディナーになりそうだった。

◇◆◇◆◇

その夜。

「寝られないであります……昼寝しすぎたであります、昼寝しすぎたであります」

日付が変わっても無意味に居間をうろちょろする小さい影が、あったり、なかったり。

11. 理々《りり》のスタイル。

あたし、宮内《みやうち》理々は考える。

人の想像力というものは、必ずしも脳内で完結するものばかりではない。人がリアルに思い描くことは、しばしば現実化する。

例えば、銭湯で髪を洗っていて視界が塞《ふさ》がっている人に、「うあっちぃぃぃっ！」と叫んでから背中に冷水を浴びせかけると、その人は思い込みにより背中に火傷《やけど》を負う場合だってある。

例えばウェイトトレーニングにおいて、トレーニング後の自分の理想像を思い浮かべながら行なうと、イメージしない場合とでは筋肉のつき方に差が出るケースがあるそうだ。近代体育だって、イメージトレーニングを必要としないスポーツは皆無と言っていいかもしれない。

これすべて、人の想像力のなせる業だ。

上から下まで漫画の受け売りだけど。

「で、つまりお前はなにが言いたいんだ」

耕平《こうへい》が机に頬杖《ほおづえ》を突いて、呆《あき》れたように言う。

「そりゃ、ころ太のことよ」

そう、とどのつまりは琥太郎《こたろう》のことだ。

時は昼休み、場所は教室。問題の琥太郎は図書室のカウンター当番で席を外している。ここに居合わせれば面倒になる案件でも、本人がいなければ話しやすい。

「琥太郎が、なんだって？」

「想像力は偉大だって話よ。あいつ、昔から自分は女だって思い続けた結果か知らないけど、体つきまで女っぽくなっちゃったじゃないの」

なにより胸のサイズ以外はあたしよりスタイルいいってんだから腹が立つ。女として負けた気分になってしまうのだ。

あたしの理想としては、琥太郎はもっと男らしく、毅然《きぜん》として……やめよう。これ以上考えるとあたし自身の好みのタイプに行き着いてしまう。琥太郎を自分好みに仕上げるのは魅力的だが、そんなことを考えてしまう自分が転げ回りたいくらい恥ずかしかった。

「まあ、琥太郎は琥太郎で困ってなさそうだからなぁ」

「それはあくまで今の話でしょが！」

両手で机を叩《たた》く。その音にクラスの何人かが振り向いたが、一睨《ひとにら》みして威嚇《いかく》するとすぐに目を逸《そ》らした。他愛のない連中だこと。

「まあ落ち着け理々」

「あんたね。子供のうちはまだ許されてるけど、これから大学、就職と女装癖《へき》が残っててみなさいよ。ドン引きされるに決まってる。なまじ外見はかわいいんだから、シーメールなんてレベルじゃねーわよ」

「いや、俺《おれ》としてはなんでお前がシーメール云々《うんぬん》を知ってるのかが疑問なんだけど」

「あんたもでしょが」

「じゃ結局、理々はどうしたいと」

「そりゃ、ころ太を普通の男子に戻したいわよ」

今のままでは、ただ隣を歩いていても女友達同士としてしか見られない。いや、別に異性として見られたいというわけではなくて、いや、そういうわけでもあるけれど。

頭がこんがらがってきた。

「……でも、琥太郎があなった原因ってのは、俺らが無関係ってわけじゃないからなぁ」

「……ぐ」

言葉に詰まる。

そもそも琥太郎は確かに小さい頃《ころ》から女顔だった。それが原因でいじめられていた時期もある。涙で目を真《ま》っ赤《か》に腫《は》らしながら家に帰ってきたことなんかは一度や二度じゃない。

そんな時、いつも琥太郎を助けていたのはあたしと耕平だった。二人で代わる代わる琥太郎を慰《なぐさ》めたり、いじめた奴《やつ》を蹴《け》り倒したりしたものだ。

でも、その時はまだ琥太郎は女顔ではあったものの、性格まで女なわけではなかったはずだ。

では、今の琥太郎がああなった原因はなんなのか。

「俺が父親役で理々が母親役で、なぜか琥太郎が二号さん役だったからなぁ。お前、幼稚園児のくせになんつーキャスティングしてんだよ」

「う、うっさいわね！　あんたも愛人の方ばっかかわいがってたでしょが！」

そう、恐らく琥太郎が女に目覚めたのは、あたしが企画していつも遊んでいたおままごとにあるのだと思う。あたしと耕平、二人が二人とも女役としての琥太郎を愛《め》でていたのだ。だから琥太郎は、自分のかわいさは女としてのものだと勘違いもしてしまったのだろう。

ああ、あの時あたしが母親の見ていた昼ドラの真似《まね》ごとをしなければ、琥太郎に愛人の役を宛《あて》がうこともなく、あいつも普通の男子としてそれなりにかっこよくなっていたのだろうか。

結局、真に受けた琥太郎は今に至り、耕平はあきらめたのか達観したのかわからないスタンスを取り、あたしだけが琥太郎を男子に戻そうと奔走《ほんそう》する毎日を送っている。

「そう言えば。あいつ、身体検査とか体育の時の着替えとかどうしてんの」

「体育は隅っこの方で、俺の後ろで着替えてる。身体検査はもう仕方ないから、その日だけ男物の下着で。それでもやっぱり、俺の影に隠れながら」

頭が痛かった。

頭が痛いと言えば、もう一つある。琥太郎の家にいつの間にか居ついた、ポンコツメイドロボの存在だ。あのベル助というのは、その目的というか使命が琥太郎に男としての自覚をよみがえらせることらしい。それはいい。歓迎すべきことだ。

問題はその手段だった。すなわち、その、セックス。身体《からだ》に訴えかけるということらしい。琥太郎のおばさんもなにを考えているのだろう。あんなチンクシャよりも、もっと適任者が身近にいるのではないか。

ままならないことだらけだった。

と。

「ただいまー」

当番が終わったのか、琥太郎が戻ってきた。教室に入ってくるなり、真《ま》っ直《す》ぐにこちらに向かってくる。とても男とは思えない綺麗《きれい》な顔立ちに、長く細い三つ編み。スカートにハイソックス。そして、その立ち振る舞い。まさに髪の毛の先から足の爪先《つまさき》まで、アルファからオメガまで女子そのものだった。

「どうしたの？　なに話してたの？」

「あんでもねーわよ！」

「な、なんで怒ってるの……」

琥太郎は身をすくませて、恐る恐る自分の席に座る。その仕草があたし以上に女の子っぽいのがまたいらだたしかった。現実問題として、琥太郎は生物学的に男なのだ。だから、さっさと我に返って男の子らしく女の子と付き合えばいいのだ。

女の子と。

――あたしと。

「……ぬああっ！」

衝動的に琥太郎の頭をフック気味に叩く。

「いたっ！　なんなの、わたしがなにしたの！」

「うっさいオカマ！　あんたが全部悪いのよ！」

「うう、こーへー。理々がいつにも増して頭おかしいよ」

「よしよし」

泣きついた琥太郎を、耕平が優しく慰めてやっている。だからそういうことをするから琥太郎の性癖は歪《ゆが》んだままなのだ。

やっぱり、もう誰もあてにならない。

琥太郎の性格矯正《きょうせい》は、あたしががんばるしかないのだ。

騒々《そうぞう》しさを含んだ賑《にぎ》やかな昼休み、あたしは決意を新たにしたのだった。

◇◆◇◆◇

「いっそ、ぶん殴って記憶失わせるってのはどうかしら」

「……うん、理々がなに話してたのか、わかった気がするよ」

12. You can't hurry love

「それじゃベルさん、行ってくるね」

「……むう、であります、であります」

今日も元気に学校へ行こうとすると、お見送りのベルさんがうなっていた。その視線はわたしに向いているが、主に下半身に集中している。

「な、なにかな」

こうもあからさまに直視されると、身じろぎしてしまう。

ベルさんはしばらく口元に拳《こぶし》を当てて熟考した後、わたしの足下《あしもと》までとことこ歩いてきた。

そして、顔をまっすぐ上に。

「うう、あいかわらず下着まで女物でありますか。嘆《なげ》かわしいであります、嘆かわしいでありま——あべし」

とりあえず踏んづけておいた。

「ベルさんのすけべ」

「す、スカートならまだしも下着まではやりすぎであります、やりすぎであります！」

ベルさんは時々思い出したように職務に忠実になるから困る。すなわち、わたしを男子として矯正させるための、性的奉仕。簡単に言うとセックス。普段のベルさんは素直でかわいいのに、この時ばかりは蹴り倒したくなるくらい小憎《こにく》らしくなるのだ。

「もう、せっかく最近は収まったと思ったのに」

「必要のないブラジャーを洗うベルの身にもなるで——ぶぎゅ」

お約束の二回でありますを言わせる前に、鞄《かばん》をベルさんの頭に打ち下ろした。今日は英語があるので辞書の重みがさぞかし強力なことだろう。

しかし、いつまでも実力行使で黙らせるわけにはいかない。それが動物と言うのだろうが、人類は歴史を重ねているのだ。言葉で相手を諭すこともできるのだった。

だからわたしは、理屈で攻めることにした。

「こう考えてよ。ベルさんだって、大人の女の人に変身するでしょ？　わたしだってそれと同じで、こうやって女の子に変身して」

「それは変身ではなくて変態であります、変態であります」

「…………」

「ぷーっ！　ベル、うまいこと言ったであります！　うまいこと言ったであります！　ダブルミーニングであります！」

理屈で攻めるのは、やめにした。

ベルさんの頭を鷲摑《わしづか》みして、持ち上げる。

そして手近な壁に押し当てて、そこら中を引き回した。

「こ、これは懐かしのシェービングウォールであります！　シェービングウォあづづづ！　摩擦熱で発火するであります！　発火するであります！」

さんざん擦《こす》りつけた後、わたしはベルさんを解放した。

鼻の頭を赤くして、ベルさんは涙をにじませている。ちょっとかわいそうだとは思ったけれど、ベルさんの自業自得ではあった。

と、いつまでも遊んではいられない。腕時計を見ると、そろそろ行かないと厳しい時間になっていた。理々も耕平も待っていることだろう。

「それじゃベルさん、わたし行くからね」

「ま、待つであります！　待つであります！」

この期《ご》に及んでまだ引き止めるつもりらしい。

「んもう、なんなの」

「行ってきますのチューがまだであります、まだであります」

んー、と目をつぶって唇を突き出すベルさんに、わたしはデコピンを一つ食らわせてあげた。

「それじゃ、行ってきまーす」

小さい額を両手で押さえてうずくまるベルさんに手を振りながら、玄関のドアを開ける。

朝日が差し込む外へと、わたしは旅立っていく。

◇◆◇◆◇

「うーむむむ、であります、であります」

わたくしは悩んでおりました。

日課である朝の連続テレビ小説を見終え、洗い物も済ませて洗濯をしている最中です。

単調な連続音を響かせて稼働する洗濯機を眺めながら、わたくしは本日何回目かのため息を漏らしました。

「相変わらずコタロー殿はガードが固いであります。バリアブレイクが必要でありますな、バリアブレイクが必要でありますな」

そうなのです。わたくしの憂《うれ》いの原因はたった一つなのです。愛《いと》しい琥太郎様が、普段はわたくしに優しくしてくださるのに、ことがあの方の性癖に及ぶと途端に反撃が厳しくなるのです。それはもう、難易度がイージーからインフェルノに変わるくらい。

そもそもわたくしが琥太郎様にお仕えする理由は、あの方の女装癖を嬌声《きょうせい》、もとい矯正するためです。その手段こそ、わたくしの身を賭《と》した夜のご奉仕なのです。

なのに琥太郎様はちっともその気になってはくださいません。わたくしは義務感であの方にお仕えしているわけではなく、純粋にお慕《した》いしているだけですのに。

琥太郎様がわたくしを憎からず思ってくださっているのは理解しています。ですが、わたくしはさらにその先を求めたいのです。せっかく女の身体に生まれたのですから、心に決めた殿方に抱かれたい。

しかしゲージの溜《た》まっていない今のこの身体ではマスコット同然、よしんば溜まっていたとしても鉄壁の城塞《じょうさい》がごとき琥太郎様はたやすく籠絡《ろうらく》できるものではありません。

「うぬぬ、八方塞《はっぽうふさ》がりでありますな……ベルの女としてのプライドがズタズタであります、ズタズタであります」

そしてなによりの懸念は、わたくし自身が琥太郎様と過ごすなんでもない日々を心より楽しんでいることなのです。

もし琥太郎様が見事、矯正されて男らしくなってしまったら、わたくしはもう用済みになってしまうのではないか。琥太郎様のお側《そば》に立つのがわたくしではなく、別の女性になってしまうのではないか……そう思った時期がわたくしにもありました。というより、現在進行形でその危機感を抱いています。

「いかんでありますな。今のはナシであります、ナシであります」

両手で頬《ほお》を叩《たた》いて気持ちを切り替え、わたくしは洗濯用の台から飛び降りました。

と、その時でした。

洗濯かごの中に、まだ衣類が残っているのを発見したのです。わたくしとしたことが、うっかりしていました。まだ洗濯機も回し始めたばかりですし、今から入れても問題ないはずです。残っていたのは、琥太郎様のパーカーでした。これはネットに入れないと糸くずが付着してしまいます。幸いネットはまだ余裕がありました。

ふと、ネットに入れる前に、なんとなくパーカーに顔を近づけてみる気になりました。

「……コタロー殿の匂《にお》いであります、匂いであります」

確かに男の子っぽくない匂いでした。ですが、とても心が安らぐのを感じます。わたくしの大好きな、陽《ひ》だまりのような暖かく優しい匂いでした。

パーカーに顔を埋《うず》めて、胸一杯に吸い込みます。

たったそれだけ。

それだけで、先ほどまでの不安がどこかへ行ってしまったようでした。

「……そうでありますな、そうでありますな」

これからのことなど、神ならぬわたくしにうかがい知ることはできません。であれば、今という時間を精一杯生きるだけです。

ただ、琥太郎様のためだけに。

それが幸せでならないのです。

「さて、今夜はビーフシチューにするでありますか、するでありますか」

琥太郎様の大好きな料理です。

ハーブを利かせて、じっくり煮込んで。

愛しい人との夕食の風景を思い浮かべて、わたくしは今日もあの方の帰りを待つのでした。

◇◆◇◆◇

「隠し味にガラナチョコを入れるであります。ビンビンになるでありますよ、ビンビンになるでありますよ、もちろん性的な意味で」

13. 図書局オーバードライブ。

今日の放課後は図書室のカウンター当番だ。

司書室の奥にある倉庫に鞄を置いて、カウンターの中に立つ。ここは室内全体を見渡せて、かつ出入り口はここの前を通らないとならないので、図書室にいる全員を見ることができた。

今日の入りはまずまずといったところ。これがテスト前になると自習する生徒で賑《にぎ》わう。別にここに来ても学習の一助になる参考書の類《たぐい》は置いてないのだけれど、自宅はなにかと誘惑が多いものだ。勉強以外することがない環境、というのがテスト前には必要なのだろう。

「これ、お願い」

「あ、はい」

カウンターに本が置かれる。

ボーイズラブの文庫だった。人の趣味にとやかく言うつもりはないが、表紙からしてガタイのいい男二人が薔薇《ばら》を背負って全裸で抱き合っている本を、堂々と置かないでいただきたい。というかこれだけたくましい男二人なら、どっちが攻めでどっちが受けなんだ。そもそもボーイズラブと呼んでいいのだろうか、この組み合わせは。

それにしても、借りる人はどんな人なのか。悪いとは思いつつも、ちら、と生徒の顔を見る。

「――って局長。なにこんなの借りてるんですか」

「あら琥太郎。こんなのとはご挨拶《あいさつ》ね」

カウンターの前に立っている女子生徒は、蛍光灯《けいこうとう》の光を受けてきらきらと輝く黒髪を、耳元からすくって後ろに流した。わざとらしい仕草《しぐさ》だけれど、この人が行なうと不思議と様になる。

図書局長、近藤和泉《こんどういずみ》先輩だ。

「あいかわらずキワモノばかり借りるんですね」

「あなたから見てキワモノでも、それを望んでいる人はあなたの想像以上にいるものよ。カードを見てごらんなさい」

チェーン付きの眼鏡《めがね》を、くい、と中指で直す近藤先輩。

長い髪を後ろはストレートに下ろし、前は心持ちアップ気味。吊《つ》り目がちな瞳《ひとみ》。背丈は平均的だけれど、均整の取れた体つきをしている。漫画によく出てくる委員長タイプの女子生徒がそのまま現実になったような容姿の人だった。変身後のベルさんほどではないが、同年代の女子と比べて胸も大きめ。正直うらやましかった。

局長に言われるまま、本の奥付に糊《のり》づけしてある貸出カードを抜いて見る。

「わ、びっしり。書く欄《らん》ないですね。新しいカード作んなきゃ」

「でしょう。需要があるからこそ、図書室のラインナップに加わっているのよ」

確かに、うちの図書局は三ヶ月に一回、生徒からの要望で新しい本を入荷する。ということは、このどぎついボーイズラブも生徒のリクエストということか。いくら需要があるとはいえ、こういう方向の本を仕入れてよいものなのだろうか。高校として。

ふと、貸出カードをよく眺めてみる。

「って、なんで局長の名前が一つ置きに書かれてるんですか。いったい何回、同じ本を借りてるんですか」

「いえ、特に意味はないのだけど。面白そうだったからこの本に消えない傷跡を刻み込んでやろうと思って」

「言ってる意味がわかりません」

近藤局長は黙っていれば理知的な美人に見えるのに、思考回路が普通の高校生より、週刊にして十週くらい突き抜けていた。めったに図書局の仕事もしないし、それなのになぜ局長になったのかと問うと、

『コンドウイズミとコンドウイサミって似てない？　だから私が局長やるわね』

とのこと。それでまかり通る図書局も大概だとは思うが。

「ほら、早く新規のカードを作りなさい」

「あ、はい」

記入欄が埋まってそれ以上書けなくなると、貸出カードを新しく発行しなければならない。

わたしはカウンターの引き出しからまっさらのカードを出して、書名やＩＳＢＮコードなどの

必要事項を記入した。

そうしてから、局長にカードを渡す。

「はい、名前を書いてくだ――ってなんでわたしの名前を書くんですか！」

「あら、ごめんなさい。いつもの癖《くせ》で」

「いつも⁉　前科があるんですか⁉　わたしの名前でなにを借りてるんですか⁉」

カウンターから身を乗り出して、局長の肩を前後に揺さぶる。頭部をシェイクされながらも、しかし局長は至って冷静に、いやらしく邪《よこしま》な微笑《ほほえ》みで言葉を紡いだ。

「琥太郎。あなたの名前、この界隈《かいわい》の腐女子《ふじょし》に一目置かれてるわよ」

「勝手にわたしのスクールライフを歪《ゆが》めないでくださいっ！」

「というところで近藤和泉はクールに去るわ。またね、琥太郎」

「あ、ちょっ！」

ウィンクと投げキッスを置き土産《みやげ》に、局長は本当にクールに去って行ってしまった。後に残されたのは、わたしの名前で貸し出されたボーイズラブ小説のカードだけ。

いや、もう一つ残されたものがあった。

「あ、いえ、その、ごめんなさい……静かにします……」

図書室全体から浴びせられる、好奇の視線がそれだった。ただでさえ周囲の注目を集めるような身の上なのに、これ以上いらないことで話題に上りたくはない。

大人しくカウンター業務に専念したり、返却された本を棚に戻したりして職務に集中した。

◇◆◇◆◇

腕時計で、午後六時を確認した。

「閉館でーす」

図書室全体に行き渡るように、大声で宣言する。閉館まで残っていたわずかな生徒が、鞄《かばん》に筆記用具をまとめて、まばらに退室していった。

わたしはカウンターから出て、まだ生徒が残っていないかと室内を見回る。どうやら全員ちゃんと退室したようだ。確認を終えて、窓のカーテンを閉めて回る。もう日は落ちかけて、緋色《ひいろ》の光が図書室の中に長い影を落としていた。

椅子《いす》を整え、机の上の忘れ物などを回収して、明日また万全の態勢で開館できるようにする。

そうして当番の仕事を終えて、司書室に戻った。

「先生、終わりましたー」

「あ、深山《みやま》君。ありがとー」

司書室には、司書教諭の佐倉《さくら》先生だけしかいなかった。常時ここに詰めているのは佐倉先生だが、たまに国語の教師もここで仕事をしている姿を見かける。

倉庫に置いておいた鞄を持ってきて、帰る支度《したく》をした。

「それじゃわたし、これで失礼しますね」

「あ、うん。ごめんねー、一人でやらせちゃって。島貫《しまぬき》君がバドミントンのラケットを股間《こかん》に受けて早退しちゃって、私もカウンターに立つべきだったんだけど。その、〆切が近いから」

いかにもばつが悪いという様子で佐倉先生ははにかむ。先生の机の上に置かれたノートパソコンの中では、文章作成ソフトが立ち上がっていた。

「間に合いそうですか？」

肩口から、画面をのぞき込んで問いかける。

「な、なんとか」

乾いた笑みを浮かべる佐倉先生。これは相当修羅場《しゅらば》らしい。

佐倉先生がなにをやっているかというと、小説を書いているのだった。それもティーンズ向けの小説で、新人賞に投稿する予定らしい。「副業で一発当てたいなぁ」とは先生の弁だ。なぜかわたしは、先生の作品の最初の読者になることが多かった。

「でも先生、学校でやるのはさすがにまずいんじゃ」

「だって間に合わないのよぅ！」

「じゃあ次回に回せば」

「そうなんだけど。ほら、デビューは早ければ早いほどいいじゃない。長く稼げるかも〜」

頬に両手を当てて、うっとりと虚空《こくう》を見つめる佐倉先生。きっとこの人の脳内では目くるめく薔薇色《ばらいろ》のスターロードが展開されているのだろう。

現実はそんなに甘くはないと思う。趣味でやる分にはいいけれど、それを実益にした瞬間、楽しいことが楽しくなくなるのではないか、と。

けど、先生が一度妄想モードに入ると並大抵のことでは正気に戻ってくれない。しかしこのままではこちらも帰れそうにないので、少々残酷だが現実に戻っていただこう。

「……そんなことに現《うつつ》を抜かしてると、婚期逃《のが》しますよ」

ぴし、と佐倉先生は笑顔のままで固まった。いくら童顔で制服を着たら新入生と間違われるような小柄な人でも、肉体的な年齢は確実に積み重なっているのだ。

「……なに言ってるの？　私、まだ十七歳で」

「あと二年で大台ですよね」

「なんで知ってるの⁉　誰《だれ》にも教えてないのに⁉」

いや、秘密にするまでもなく局長からの情報なんだけれど。

それは秘密です。

「早くいい人見つけて、幸せになってください。図書局のみんなだって、そうなれば喜びますよ。少なくともここで小説書いてるよりは」

「うー……じゃあ深山君、先生もらって」

「……干支《えと》一回り近く下の子供に頼らないでください」

口を尖《とが》らせてすねる佐倉先生を見て、この人は当分結婚できそうにないな、と薄情なことを考えるわたしだった。

◇◆◇◆◇

「ところで、今回はどんな話なんです?」

「よくぞ聞いてくれました! えーとね、胃世界に召喚された男子高校生の冒険譚《たん》でね」

「……召喚された瞬間に胃液で溶けそうですね」

「オリジナリティあふれるっしょ?」

「あふれすぎて眩暈《めまい》がしそうです」

14. 幾夜をここに悩み過ごせし我が悩み。

◇◆◇◆◇

はい、今夜もオールナイト天国列車の時間がやって参りましたYO！　まずは最初のお便り。シュヴァルツシルトにお住まいのペンネーム『クロウリング・カオス』さんから。『私には意中の殿方がいるんですが、いくら私がアプローチをかけても、ちっとも応《こた》えてはくれないんです。それどころか拳《こぶし》で迎撃されるわ続々と邪魔者は増えるわ放火魔に言い寄られるわで。いったいどうしたものでしょうか』、なんだってー!?　それはきっと、その子は照れているだけよ。私の経験上、男の子が女の子に好意を寄せられると一〇〇パー本気にするね！　で、脳内で結婚のことまで考えちゃうの！　手と手が触れ合った瞬間にロマンスが始まってるのよ、男は。だからペンネーム『クロウリング・カオス』さんもあきらめちゃNONO、だーめ。シュープリームズも歌ってたわ、恋は焦《あせ》らずって。じっくり真綿で絞め殺すようにその子を手ごめにしちゃえばいいのよ。

本日のまとめ。『真っ裸《ぱだか》で迫ってみろ』ってことで行ってみよー！

◇◆◇◆◇

ラジオから流れる軽快なリズムをBGMに、わたしは机に向かっていた。シャープペンを滑らすノートは、英語。席順から言って、明日は和訳が当たる日なのだ。

しかしどうにも英語は苦手だった。嫌いなわけじゃないし、成績としても低いわけじゃない。でも面倒だった。理屈どうこうじゃなくて生理的な問題だと思う。

同じ語学でも国語は大好きだ。教科書で取り上げられている作品を書店で買うくらい。だからこの部屋の本棚には『TUGUMI』があったり『こころ』があったり『山月記』があったり、果ては『おじさんのかさ』まである。

こういう情熱を英語に費《つい》やせばいいのだろうが、英語の文章はまず日本語に訳さないといけない。どうしてもワンクッション置かれるから、ダイレクトに頭の中に入って来ないで、のめり込めないのだった。

我ながら、ややこしい性格だった。

ふと時計を見ると、午後十時。普段ならそろそろ床に就いている時間だ。早寝遅起きがわたしのモットーだった。これだけ聞くとダメ人間だが。

進捗《しんちょく》状況は半分といったところか。

合っているかどうかは考慮しないでの話だけれど。

と、その時だ。

コンコン、と部屋のドアが控え目な音を立てた。

「はーい」

視線を教科書から逸《そ》らさずに答える。

「入るであります、入るであります」

がちゃ、とドアが開いて現れたのはベルさん。

余談だが、ベルさんが頭数個分上のノブをどう駆使してドアを開けるかを話しておこう。

まずベルさんはジャンプ一番、ドアノブに飛びつく。

そして自重でノブをひねる。

さらに間髪入れずにメイドキック。ドアを蹴《け》り開けるのだ。

もっともこれは押し扉の場合のみで、引き扉をどうやって開けているのかは誰も知らない。

ともあれ、ベルさんが部屋に入ってきた。手にお盆《ぼん》を持って、からくり人形のように、てくてくと。ちょっとかわいい。

「コタローー殿、一息つくであります、一息つくであります」

お盆の上には、ティーポットとカップが乗っていた。ベルさんは自分の小さな身体《からだ》には余るポットを実に巧みに持ち上げて、カップに液体を注《そそ》ぐ。

「わ、ありがとー」

「紅茶や緑茶は眠れなくなるでありますから、カフェインの入っていないハーブティーにしたであります、ハーブティーにしたであります」

ベルさんからカップを受け取って、立ち上る湯気を吸い込んでみる。瞬間、鼻から頭にかけて、刺激的な芳香が走った。一気に脳がリフレッシュした感じだ。

「すごいね、これ」

「ローズマリーのお茶であります。別名『芳香の王様』であります、であります」

綺麗《きれい》な色合いだ。黄色がかった薄い茶色とでも形容すればいいのだろうか。口に含むと、鮮烈な香りとは裏腹にくせのない味だった。頭の重たさが取れたような気分だ。

「んー、おいしー」

ほっと一息。

と、ベルさんがわたしの足をよじ登ってきた。膝《ひざ》の上に乗っかって、そこから机に広げてあるノートをのぞき込む。

「ほほう。長文和訳でありますか、長文和訳でありますか」

「うん。明日はわたしが当たる日なんだ」

「なかなか難航しているようでありますな、難航しているようでありますな」

「そうなんだよ……わたし、英語はあんまり好きじゃなくて」

「ふむ。ならば、ベルが教えるであります！　ベルが教えるであります！」

反《そ》り返って、どん、と胸を叩《たた》くベルさん。しかしわたしの膝の上でそんな体勢を取ったものだから、バランスを崩して落ちかける。

わたしは慌ててベルさんの身体を片手で支えた。

「教えるって、ベルさん英語できるの？」

「馬鹿《ばか》にしてるでありますな。英語くらい、ちょちょいのちょいであります。ベルの偏差値は530000でありますよ、530000でありますよ！」

ものすごいインフレっぷりだった。

しかし、教えてくれるのであれば是非《ぜひ》にでもお願いしたいところだ。苦手な教科というものは、それを克服するための参考書すら読むのが億劫《おっくう》なものだから。

とはいえ、やはりベルさんの英語力を確認しておく必要はあるだろう。

「例えばベルさん、どれくらい英語できるの？」

聞いてみる。

するとベルさんは人差し指で、びしっ！　とノートを差し、

「This is a note!　であります、であります」

そんなことを自信満々に言ってのけた。

「……ベルさん、それ中一レベル」

「Still ist die Nacht, es ruhen die Gassen,
In diesem Hause wohnte mein Schatz;
Sie hat schön langst die Stadt verlassen,
Doch steht noch das Haus auf demselben Platz.
Da steht auch ein Mensch und starrt in die Höhe,
Und ringt die Hände vor Schmerzensgewalt;
Mir graust es, wenn ich sein Antlitz sehe
Der Mond zeigt mir meine eigne Gestalt.
Du Doppelgänger, du bleicher Geselle!
Was äffst du nach mein Liebesleid,
Das mich gequält auf dieser Stelle
So manche Nacht, in alter Zeit?　であります、であります！」

「……よくわからないけど、それ絶対英語じゃないよね」

自信満々かつ流暢《りゅうちょう》に言《こと》の葉《は》を紡《つむ》ぐ様子に呆《あき》れるわたし。

ベルさんは頭がいいんだかそうじゃないんだかわからない。

ただ一つ確かなのは、和訳は自分でやりましょうということだけだった。

当たり前ですよね。

はい、本日最後のお便りはペンネーム『G‐838』さんから！　『最近、うちに居候《いそうろう》している女の元気がありません。どうしてかと聞くと、番組改変期で好きなアニメが終わってしまうとのこと。僕にはさっぱりわからないのですが、どうやらそいつには死活問題らしいのです。心底どうでもいいんですが、いい加減うっとうしいので僕はどうすべきでしょう』、なんだってー⁉　番組改変期は無慈悲で残酷《ざんこく》よねぇ。人気がなかったら即打ち切り。十週で突き抜ける週刊少年誌みたいよね。あと十何年かすればマイナーな作品でも懐古ブームでＤＶＤになったりゲームになったりするんでしょうけど、その頃《ころ》になったら興味も尽きてるわよねぇ。今できることは、第二期に期待するしかないんじゃないかしら。でも改変期で変わるくらいだからそれも望み薄かもねぇ。

◇◆◇◆◇

本日のまとめ。『同人誌でも作ってこれが俺《おれ》の物語だ』ってことで行ってみよー！

15. 魔法使いを待ちながら。

しゅっしゅっしゅっ。

乾いた音が、放課後の美術室にひっそりと吸い込まれていく。わたしはその音をＢＧＭに、椅子《いす》に座ってじっとしていた。

周囲には人もまばらで、それぞれが思い思いに用意してきた静物を模写している。

ここは美術部だった。

「疲れた？　休憩するか？」

耕平《こうへい》がわたしを気遣《きづか》ってくれる。

「んーん、大丈夫だよ」

わたしは耕平に対して斜《なな》め向きを維持したまま、言葉だけで答えた。耕平も頷《うなず》いて、スケッチブックに鉛筆を走らせる。

美術部員の耕平が協力してくれと言ったのは、昼休みのことだった。今週の課題が静物画らしい。わたし、思いっきり動物だと思うんだけど、それはいいのだろうか。

「にしても、なんでころ太なのよ。あたしじゃなくて」

耕平の背後で腕を組んで仁王《におう》立《だ》ちしていた理々《りり》が、耕平の肩口からスケッチブックをのぞき込んでいる。

「お前、二分以上静止できないだろ」

「……まあ、そうだけど」

いや、そこで認めないでくださいさ理々さん。

「ベルさんを描《か》いても面白そうだったんだけどな」

「あは、ベルさんもじっとできないと思うよ。それにね、ここに連れて来たら部活どころじゃないんじゃないかな」

「もっともな話ねえ」

だんだん存在を知られ始めたとはいえ、ベルさんはまだまだ世間一般に浸透していない。学生たちには刺激が強すぎるだろう。

「っと、こんなもんかな」

耕平が鉛筆を置く。それを合図に、わたしも身体の緊張をほぐした。言葉ではああ言っていたが、じっとしているのはわたしも苦手だ。でも他ならぬ耕平の頼みなら断れようはずがない。

席を立って、耕平の元に行く。

「わ……あいかわらずすごいね、こーへー」

スケッチブックには、わたしがいた。まるで写真を切り取って貼《は》り付けたようにリアルな、模写とはこうあるべきではないかと思わせる出来栄《できば》えだ。

「昔っから絵だけはうまかったもんねぇ」

理々も感嘆している様子。美術部員というのを差し引いても、耕平の画力はわたしにとって雲の上の存在だった。

ちなみにわたしは小学校の時の図画工作は六年間オールもうすこし、中学三年間は一回だけ3を取ったものの、残りはすべて2だった。理々はよくも悪くも平均。わたしたち三人の中では、耕平だけが飛び抜けて優秀なのだった。

「ま、練習すれば誰《だれ》だって伸びるって」

「いや、無理無理」

「ころ太はねぇ。木の写生で葉っぱを一枚一枚全部描いちゃう奴《やつ》だからね。あれはなんの大仏の頭かと思ったわ」

嫌なことを思い出させてくれる理々だった。

「あ、できましたか?」

不意に、背後からの声。振り向くと、そこには顧問の先生が立っていた。まだ新人らしく、大きい眼鏡《めがね》を直す仕草とか、絶えず揺れる三つ編みが初々《ういうい》しい。

「ん、まあ。大したもんじゃないですけど」

そう言って、耕平はスケッチブックを先生に渡す。

先生はまるで咀嚼《そしゃく》するかのように、小さく頷きながら絵を見ている。時折わたしと絵を見比べるようにするものだから、なんだか居心地《いごこち》が悪い。

「そうですね……モデルの人の特徴とか、よく捉《とら》えていると思います。私は深山《みやま》君のことをあまり知らないけれども、この絵を見ただけで深山君の人となりがわかるし、そのあとで深山君本人を見ると、ああ、確かにって納得できてしまいますね。モデルの人をよほど理解していないと描けないと思いますよ」

抽象的と言ってしまえばそれまでだろうが、先生の言葉は不思議と胸に迫るものがあった。

「ま、生まれた時から一緒ですから」

耕平は照れたような、ばつが悪そうな表情を浮かべて頬《ほお》をかいている。

「先生は思うんです。絵っていうのは、人が使える一番身近な魔法なんじゃないかなって」

「まほー?」

理々がオウム返しをする。その気持ちはわたしも一緒だった。こんな放課後の美術室で魔法なんて単語が出ることにギャップを感じる。

「ええ。描き手によっては、現実を一枚の紙に封じ込めることができるわけですから。それに、紙の上においては現実を創《つく》る、創造することだってできるわけですし」

言われて、美術室にかかっている絵を見る。風景画のようだけれど、なぜか島が浮かんでいたり、きらめく星々の中を清涼な川が流れていたり、現実にはあるはずのない光景が広がっていた。確かに、一枚のキャンバスに新しい現実を創っているようにも見える。

横の理々を見る。まるでわからないと言った様子で眉間《みけん》に皺《しわ》を寄せていた。ああ、幼なじみとはいえ、もう少し相手の意を汲《く》むことを知ろうね。

「先生も、ある人の受け売りですけどね」

照れ笑いをして見せる先生。

だけどその眼差《まなざ》しは遠く、なんだかここではないどこかを見ているようだ。

あるいは、今ではないいつかなのか。

「あ、ごめんなさい。なんだか一人で語っちゃって」

「いいえ、ちょっと気になるお話でした。そっか、魔法か。じゃあ、わたしも魔法使いになってみようかな」

なんだか場の空気が変わってしまった気がして、わたしは精一杯普段通りにふるまって、耕平から鉛筆とスケッチブックを借りた。

「あんた、なにすんのよ」

「理々、座ってよ。描いてあげるよ」

「……え、あ、あたしを？」

「うん」

「え、と。ま、しょうがないわね！　美人に描きなさいよ！」

唐突に身なりを整え始めた理々が、軽い足取りでわたしが座っていた椅子に向かっていった。

「……あいつ、琥太郎《こたろう》の絵のアバンギャルドさを忘れてるな」

「……こーへー、ひどいこと言ってない？」

「ふふ。それじゃ、ごゆっくり」

柔《やわ》らかく微笑《ほほえ》み、先生は三つ編みをひるがえして別の生徒の所へ行ってしまった。その足取りは軽く、先ほどの謎《なぞ》の言葉など微塵《みじん》も感じさせない。

「こーろ太！　早く！　かつ美麗に！」

注文の多い幼なじみだった。

◇◆◇◆◇

帰宅後。

「ベルさん。今日ね、美術部に寄って絵を描いてきたんだよ。ほら、これ誰に見える？」

「……え、シュブ＝ニグラスでありますか？　シュブ＝ニグラスでありますか？」

「……なんだかわからないけど、絶対に馬鹿にしてるよね」

16. ポム・ダムール・シンフォニー。

上着を着ながら、ベルさんに声をかける。ベルさんはちょうどその時、ソファーに座って携帯ゲーム機に夢中だった。ソフトは理々《りり》が持ってきた『漢能力検定』。漢字じゃない。漢《おとこ》の能力を検定するらしい。

「ベルさーん」

「〈次の空欄を埋《う》めよ。『知っているのか○○』〉……うむむ。これは難しいでありますな、難しいでありますな」

「いや、それ答え複数ない？」

さすが理々のセレクション、しょうもないゲームだった。

携帯ゲーム機といえどベルさんにとってはノートパソコンほどのサイズがあるので、膝《ひざ》に乗せて操作していた。そんな構図が漫画のワンカットみたいで、和《なご》んでしまう。

「さっぱりわからんであります。ベルは漢になれないでありますか、なれないでありますか」

「なる必要ないでしょうに」

「それもそうでありますな、それもそうでありますな」

頷いて、ベルさんは携帯ゲーム機をぱたんと閉じた。実にあっさりしたものだった。

と、ベルさんフィールドに取り込まれて危うく忘れるところだった。

「ベルさん。わたし、ちょっと出かけてくるから」

「お出かけでありますか。どこに行くでありますか、どこに行くでありますか」

「ほら、商店街のアーケードにある古本屋さん」

「ほほう、あそこでありますか。ベルは中には入ったことがないであります、入ったことがないであります」

確かに、ベルさんが入れそうにない場所だった。しかしベルさんはこれでいて活字が好きで、新聞は毎日欠かさず読むし、わたしの持っている小説も読破したものが多い。古本屋に行けばそれなりに得ることもあるかもしれない。

「んー、じゃあベルさんも一緒に行く?」

「いいでありますか?　いいでありますか?」

「うん。行こうよ、一緒に」

「喜んでお供するであります!　お供するであります!」

とても嬉《うれ》しそうに小躍《こおど》りするベルさんがかわいらしい。思わず抱きしめてあげたくなるのを、なんとか自重した。

玄関を施錠《せじょう》して、いざ飛び越えクライマックスなんとか。

「じゃ、行くよー」

「コタロー殿とデートでありますよー♪」

「……ちょっと違う気もするけど。ま、いっか」

◇◆◇◆◇

アーケードの片隅、数字で表すと商店街一丁目にその古本屋はあった。『絶版堂』という店名の本屋で、もう市場に流通していない本、いわゆる絶版の書籍だけを選《よ》りすぐって扱っているらしい。ほぼ店主さんの趣味のお店だ。

古本を扱ってはいても外装は小綺麗《こぎれい》で、ちゃんと自動ドアも備えつけてある。そして内装も、一般の書店と変わらなく蛍光灯《けいこうとう》の光で明るい。さすがに規模だけは少々狭く、コンビニくらいだろうか。店員さんが一人で充分カバーできる面積だ。

「ちょっと埃臭《ほこりくさ》いでありますな、埃臭いでありますな」

小さな鼻をひくひくさせて、ベルさんが呟《つぶや》いた。

「こういうの、嫌？」

「ノーであります。歴史の匂《にお》いでありますよ、歴史の匂いでありますよ」

なかなか詩的なことを言う人だ。

でも、確かに言い得ているかもしれない。付け加えると、生活臭も混じっているのだろう。

ここにある本は、元はそれぞれの家庭に置かれていたものだろうから。

「なにか興味ある本ある？　代わりに取ったげるよ」

「むー。少し吟味《ぎんみ》するであります」

「あはは。じゃ、読みたいのがあったら呼んでね」

そう告げて、わたしはなんとはなしに店内をうろついた。

ぼんやりと本棚を眺める。

あ、理々がずっと探していた絶版の漫画だ。週刊少年誌のコミック。

理々は女の子なのにわたしや耕平以上に少年漫画が大好きなのだった。しかも骨と骨が軋《きし》み合うようなバトル漫画とか。せっかくだから確保しておいてあげよう。

古本を手に持ったまま、再度物色。と、写真集のコーナーで目が止まる。衝動に突き動かされるままに、その中の一冊を手に取った。

ウエディングドレス大全。

「はう、綺麗《きれい》だなぁ」

思わずうっとりとしてしまう。いつかわたしもこういうドレスを身にまとってみたいものだ。その前に相手を探さなきゃならないけれど。

裏をひっくり返して、表示価格を見る。絶版にしても結構いい値段だった。いや、絶版だからこそ、か。少し欲しいとは思うけれど、金額に釣り合う効果はなさそうだ。

名残惜《なごりお》しいが棚に戻す。

と。

「コタロー殿、コタロー殿」

棚を一つ挟んで向こうから、ベルさんの声がした。

「はーい。なにかいいのあった?」

「あそこのあれを取ってほしいであります、取ってほしいであります」

「そこのそれ……これ?」

「であります、であります」

ベルさんの求める本は、棚の中段よりやや下にあった。が、ベルさんには充分に手の届かない位置なのだこういう時こそ変身すればいいと思うのだけど。

「って、ベルさん」

そのコーナーをじっと見る。

家庭医学。

それはまだいい。

問題は、ベルさんが読みたがっている本だ。

ラブセックス読本。

「最近マンネリでありますからな。新しいネタを仕入れるであります、仕入れるであります」

「……んもう。蹴《け》られたいの？」

マンネリどころかまだなに一つベルさんと致したわけではないので、誤解を招く言い方はやめていただきたい。

嘆息しつつ、ベルさんの頭に件《くだん》の本をこつんとぶつける。

「コタロー殿、これを買うであります！　買うであります！」

「や、やだよ。恥ずかしいもん」

「ご無体であります、ご無体であります」

しょんぼりしている。

ラブセックス読本の裏を見ると、百円だった。品質は古本にしては綺麗なもので、発行が古いのでこの値段らしい。そんな昔の教養を身につけてどうするのだろうか。

そんなこんなで、ベルさんと店内を見て回り、めぼしい本を数冊持ち歩く。全部合わせても千円に届かないあたり、自分でもマイナーな本ばかり選んでいるなとは思う。

「ベルさん、そろそろいい？」

「おっけーであります。ベルはその『メイドロボにたいせつなこと』さえあればなにも言うことはないであります、ないであります」

ベルさんの言っている本は、メイドロボにあるべき礼節や仕事の要領が書かれているビジネス書だった。こんな本が堂々と出版されるなんて、世の中カオスだ。

「じゃあ、お会計するね」

「でありますな、でありますな」

カウンターの前に立つ。

が、そこには誰もいない。店員さんは奥の倉庫にこもってでもいるのだろうか。小さい店とはいえ、不用心だ。

「すみませーん、お会計をー」

奥に向けて声をかける。

「ああ！　ごめんなさい、ただいま……って、ああ⁉」

店員さんらしき人が倉庫から出てくる。

悲しいことに、わたしにはその店員さんに見覚えがあった。

「……先輩、なにやってんですか」

いつもわたしに因縁《いんねん》をつけてくる上級生、そのリーダー格の不良だ。染《そ》めている金髪を隠すようにニットの帽子を被《かぶ》っている。もちろん、耳のピアスは外してあった。

「バイトだ！　悪《わり》ぃかよ！　てめぇこそなんでここに」

「なんでって。ここ、古本屋。わたし、お客さん」

「くぅ、どうしててめぇにばっか会うんだよコラ！　尾《つ》けてんのか⁉」

いや、先輩を尾行する目的も暇も必要も意欲もなにもかもないのだが。

「この間の悪漢でありますか！　またコタロー殿の貞操《ていそう》を狙《ねら》っているでありますな！　メイドハンドスマッシュで成敗するであります！　成敗するであります！」

ベルさんも先輩に気づいたようで、カウンターを必死によじ登ろうとしている。

「危ないからやめようね」

いつまで経《た》っても高度が上がらないベルさんを抱きかかえた。

「こないだのチビまでかよ。なんの嫌がらせだ……！」

「というか、先輩はパン屋さんじゃ」

「かけ持ちだ！　なんか文句《もんく》あんのかコラ、ああ？」

どうしてここまで凄《すご》まれなければいけないのだろう。やはり先輩には自分の立場というものを弁《わきま》えてもらわなければならない。

「あーあ、店員さんの接客態度が悪いせいで買う気なくなったなぁ」

「……ぐっ」

「友達にも言っておこーっと。古本屋さんは選んだ方がいいよねー。ねー、ベルさん」

「でありますなー。近隣の住民にも迷惑がかからないように、現状を知らせる義務があるであります な。ベルの運営するブログに書いておくでありますよ、書いておくでありますよ」

「いらっしゃいませ、お会計いたします……！」

あてつけるように話すと、先輩は青筋を立てつつも上辺だけの爽《さわ》やかな笑顔で応対し始めた。

怒りのせいか、声が震えているのがわかる。

というかスルーしそうになったけどベルさんはいつの間にブログなんてやってたんだろう。

今度、見せてもらうことにしよう。

「じゃあ、これ。はい」

「お預かりします……って。すげぇセレクションだな」

「ほっといてください」

「……『ラブセックス読本』?」

「え!?」

先輩の持っている本は疑いようもなく、問題の本だった。

すぐさまベルさんをのぞき込むと、このメイドロボは露骨に目を逸《そ》らしてしまう。いつの間
にもぐり込ませたんだろうか。

「……まあ、色々あるよな。にんげんだもの」

「ちょ、納得しないでくださいよ!」

「お会計、八百四十五円になります」

一転して、とても清々《すがすが》しい口調で言われた。

「うう……はい」

「千円お預かりで、百五十五円のお釣りになります……っと、ちょっと待て」

「え？」

レシートとお釣りを財布に入れて、紙袋に入れられた本を受け取ったところで、先輩は倉庫に戻ってしまった。

そうして少しの時間の後、再び姿を現す。

「ほらよ、チビ助」

先輩が差し出してきたものは、個別に包装されたリンゴ飴《あめ》だった。小さくて、いわゆる姫リンゴという奴《やつ》で、真《ま》っ赤《か》に熟した実が割り箸《ばし》に刺さって飴色にコーティングされて輝いている。

「え、これ」

「パンと違って本は増量するわけにもいかねぇからな。飴にも果汁加えてみたから、縁日の屋台よりはうまいつもりだ」

ということは、どうやら先輩の手作りらしい。以前のチョココロネといい、妙なところで家庭的な人だった。

「……ありがとうございます。ほら、ベルさん」

「くれるでありますか？　くれるでありますか？」

「みたいだよ」

「こんなんでごまかされないんだからねっ！　であります、であります」

実にあざといツンデレ加減だった。しかも言葉のイントネーションが理々そっくりだ。この場に理々が居合わせたら、ベルさんは壁に叩《たた》きつけられていたか天井から吊《つ》るされていたかのどっちかだろう。

「先輩、ありがとうございますね」

「あーよ。とっとと帰れ。俺《おれ》とてめぇは馴《な》れ合う立場じゃねーんだよ、ったく」

吐き捨てるようにして、先輩はそっぽを向いてしまった。しっしっ、と手を振っている。これ以上はなにを話しても無駄らしい。

最後にもう一度、わたしは先輩に頭を下げて、ベルさんを抱えたまま店の外に出た。

「おいしい?」

見ると、ベルさんは速攻で包装を取ってリンゴ飴を舐《な》めている。

「甘みと酸味のバランスがナイスであります、ナイスであります」

そう言って、リンゴ飴をこちらに向ける。わたしも相伴《しょうばん》にあずからせてもらおうと、ちろりと表面を舐めた。確かに、ただ甘いだけのべっこう飴とは違って、砂糖にはない酸味の爽やかさを感じた。

「ん。おいしーね」

「コタロー殿と間接キッスでありますな!　間接キッスでありますな!」

「……ま、いいけど」

そんなこんなで、わたしたちはお互いにリンゴ飴を舐めながら帰路に就いたのだった。

◇◆◇◆◇

週明け。

「ははっ、今日は人数を増やしてあんぜ。まさか卑怯《ひきょう》たぁ言わねぇよなぁ？」

「あ、先輩。これ、ベルさんが先輩にって。レンコンの大学いも風ハチミツ和《あ》えですって」

「……兄貴？」

「……Leader？」

「ま、待て！　よく考えろ！　あれは孔明《こうめい》の罠《わな》だ！」

17. Comme il pleut sur la ville,

今日の放課後は掃除当番。

わたしはすべての机をいったん後方に下げた後、回転ぼうきで床をまんべんなく掃《は》いている。耕平《こうへい》が教室の隅に溜《た》まった綿ゴミなんかを柔らかいほうきでかき出し、それをわたしが教室の後ろに押しつける。そうして綺麗《きれい》になった前方に今度は机を引っぱり出して、後ろ半分を同様に掃除していく。

手間と言えば手間だけれど、こうした方が教室の汚れは取れやすい。小学校の時に教わったやり方がそのまま続いていた。

「にしても、先に帰ってくれててもいいのに」

本来は当番ではない耕平に声をかける。

「ん。まあ、ついでだし」

「こないだ手伝ってもらったし、これくらいは返すわよ」

つっけんどんに答える理々《りり》も当番ではないが、黒板を綺麗にするのを手伝ってくれていた。理々はこれでいて黒板の掃除には一家言持っているらしく、黒板消しを端から端まで力を入れてかけた後、乾いた雑巾《ぞうきん》で空拭《からぶ》きするほどの気合の入りようだった。

前方も後方もすっかり掃き終えて、ようやく机を運搬。床のタイル目に合わせて並べる。そして机の上の椅子《いす》を下ろせば、わたしたちの担当は終わりだ。

見ると、拭き掃除担当も理々を含めて終わったようだ。雑巾を固く絞って、バケツの水を流しに教室を出ていった。最後にゴミ箱の中身を捨てに行く人が出て、今日の掃除は完了。

「ありがとね、理々もこーへーも」

「いやいや」

「恩に着なさいよ」

理々さんは自分が数分前にしゃべったことを忘れる癖をなんとかした方がいいと思います。

ゴミを捨てに行った人が戻ってきて、号令の後に解散となった。わたしは鞄《かばん》を持って、理々と耕平と一緒に教室を出る。

「こーへー、部活は？」

「んにゃ、ない。図書局は？」

「わたしもないよー。じゃ、久々に三人一緒に帰れるね」

「……なんであたしには聞かないの」

「だって理々、なにもやってないし」

わたしの言葉に、理々は舌打ちして目を逸らした。

中学、高校と部活の類《たぐい》は一切なし。たまにやることと言えば、おばさんに空手を教わるくらいの理々だった。それはわたしも耕平も同じことなのだけど、高校になってからは部活に図書局にと費やされて、理々ほど空手の練習をしているわけではない。

だからこの三人では理々が一番腕っ節《ぷし》が強かった。

階段を下りて、玄関にたどり着いたところで、わたしはふと気がついた。理々と耕平、二人ともが手に傘《かさ》を持っているのだ。

「え、今日って雨降るの？」

「降るんじゃなくて降ってるんだけどな」

「え、嘘《うそ》！」

耕平に言われるままに、外靴を履《は》いて校舎から出る。

外は、確かに雨が降っていた。冷たい空気が流れ、雨粒が地面を叩く音が町を包んでいる。

大雨というほどではないが、傘が必要なくらいの雨量だった。

「掃除の時から降ってたんだけど、気づかなかったの？」

「全然……」

「あんた、時々すげー鈍《にぶ》いわね」

今朝《けさ》、二人と一緒に登校していた時に気づかなかったのは二人の傘が折り畳みだったからか。

「どうしよ……うーん」

「しっかたないわね！　あたしの傘に入れてあげ」

「そだ。こーへー、入れてくれない？」

「いいよ」

はっ、殺気。

第七感に突き動かされるまま、わずかに身を引く。

瞬間、わたしの顎《あご》があった位置を高速でなにかが通過した。上昇気流のごとき風が、わたしの前髪をあおる。

理々の蹴《け》り上げだった。

だが、まだ終わらない。吹き抜けた蹴り足が、来た時とは比べ物にならない速度で振り下ろされる。体さばきでは、かわし切れない。

わたしはとっさに鞄を頭の上に掲《かか》げて、理々の踵落《かかとお》としを防いだ。ずん、と鈍い音を立てて、理々の踵が鞄にめり込む。

「な、なにするの理々」

「うっさいバカころ太！」

「……パンツ見えてるよ」

「殺す！」

「殺すの!?」

踵に尋常じゃない力が加えられる。英和辞典を入れて補強されているはずの鞄が、ミシミシと悲鳴を上げていた。

「ん、まあ。じゃあ、俺《おれ》と理々で半分ずつ入れるということで」

「……それ、わたしが余計濡《ぬ》れるよね、きっと」

なにしろ二人の傘から滴《したた》る水滴を一身に受けるのだ。

そんな漫才を延々と繰り広げても、雨が止《や》むことはなかった。いよいよどちらかの傘に入れてもらわないと濡れ鼠《ねずみ》になってしまう。

と、その時だった。

校門辺りからこちらへ動いてくる白い影を、わたしは見た。白いというのは雨粒を弾《はじ》く傘の色で、そのサイズは普通のものと比べて明らかに小さい。そしてその移動速度はお世辞にも速いとは言えず、おまけに左に右にと危なげに揺れている。

あれは、まさか。

「コタロー殿ー、コタロー殿ー」

そのまさかだった。

「ベルさん！」

我が家のメイドロボだ。

「間に合ったでありますな、間に合ったでありますな」

玄関先までたどり着いたベルさんは、傘を開いたり閉じたりして水分を飛ばしていた。

ていることに。

「どうしたのベルさん、学校まで」

「これを持ってきたであります！　これを持ってきたであります！」

そこでわたしは気がついた。ベルさんが自分の傘とは別に一本、普通サイズの傘を手に持っていることに。

「ひょっとして、わたしに？」

「であります。ベルも雨が降ることを失念していたであります。降り出してからコタロー殿が持って行っていないことに気づいたでありますよ、気づいたでありますよ」

「そうなんだ……うん、ありがとベルさん」

「はぅーであります……であります……」

ベルさんの頭を優しくなでてあげると、ベルさんは目を細めて喉《のど》を鳴らした。

猫ですか、この人は。

「こらベル助。あんた、またディアナ様を足にしたんじゃないでしょうね」

「陛下はおねむだったであります、おねむだったであります」

「起きてたら使う気満々だったわけね、このポンコツ」

ということは、家から学校までの距離をベルさん自身の足で歩いてきたのか。この小さな身体では大変だったろうに。

「ごめんねベルさん、疲れたでしょ」

「大丈夫であります。ベルはタフガイでありますよ、タフガイでありますよ！」

ガイか、ガイなのか。

「はは。どうやら入れなくてもいいみたいだな」

「うん。ごめんね、こーへー」

「いやいや」

耕平は実に爽《さわ》やかだった。隣でそっぽ向いて露骨に舌打ちしている理々とは大違いだ。

「それじゃ、帰ろっか」

「であります、であります」

そうだ、いいことを思いついた。

「ベルさん、わたしの傘持てる？」

「可能でありますが、どうしたでありますか？　どうしたでありますか？」

広げたままの傘をベルさんに持たせて、わたしはベルさんの小さな身体《からだ》を抱きかかえた。

「ベルさんが差しててね。疲れたでしょ、抱っこしてあげるよ」

「おお！　これはよいものでありますな！　よいものでありますな！」

とても喜ばれてしまった。

「ころ太、ベル助だけには優しいわよね」

「だけってわけじゃないでしょ」

「……ふん！」

というか、なんで理々がそんなに不機嫌なのかが理解できない。カルシウムが足りてないなら、今度ひじきと豆腐でなにか作ってあげよう。

「コタロー殿、ゴーであります！　ゴーであります！」

「はーい。それじゃ、行こー」

◇◆◇◆◇

「これは陛下に代わる新たなプランの誕生でありますな！　誕生でありますな！」

「……わたしをシステムに組み込まないでね」

18. いたづらベルさん。

それは、珍しくベルさんが変身した日の夕食のことだった。

ベルさんは小さい時は大口を開けて元気にもりもりよく噛《か》んで食べる人だが、大きい時は見た目そのままに、美しく食べる人だった。箸《はし》も先端以外は汚さない、日本の本来あるべき作法を心得ている。

それでもやはりレンコンを食べる時は心なしか嬉《うれ》しそうな表情を見せる。それは注意しなければ見落としてしまったかもしれないほどの、小さな変化。一緒に住んでいるわたしだからこそわかる機微《きび》だ。

「ベルさん、一つあげるよ」

お皿を差し出す。それはベルさん特製の、レンコンかまぼこだ。レンコンをすり下ろして、つなぎと合わせて蒸すという手の込んだ料理で、料理漫画に描《か》いてあったのを再現したらしい。

「いけませんよ、琥太郎《こたろう》様。成長期ですし、男の子なのですから、ちゃんと食べないと」

「……その割には、きちんと取るんだね」

「……あら?」

大人のベルさんといえど、基本は一緒らしかった。

食べながら、ベルさんを見る。

やや小顔で、その肌は化粧をしているはずもないのに雪のように白い。でもそれは病的な白さではなく、健康的な肌色をベースにしている。翡翠色《ひすいいろ》の瞳《ひとみ》は大きく、柔和《にゅうわ》な光をたたえていて、見る人を安心させる。細い肩や華奢《きゃしゃ》な首筋のラインなどは、ともすればひ弱な印象を与えがちだけど、不思議とそういうマイナスイメージは湧《わ》いてこなかった。

なんと言っても目を引くのは、その胸だ。重力に逆らうように先端が上を向いているバストは形もよく、服越しに未知なる柔肌《やわはだ》を想像できそうだった。まあ、実際に裸を見たことは何回かあるし、不可抗力ながら触ったこともあるんだけれど。

理々曰《りりいわ》く、「あーゆーのを『生意気なおっぱい』って言うのよ」だそうだ。いつもながら、そういう偏《かたよ》った知識を理々がどこで身につけてくるのかが疑問だった。

その豊満なバストとは対照的に、ウェストは細くくびれている。小さいベルさんの言葉ではないが、まさしくボンキュッボンだった。

まるでわたしの理想の女性像がそのまま存在しているようだ。もちろん理想の異性としてではなく、理想の同性としてなのだが。

「琥太郎様」

「うぇっ？」

不意に名前を呼ばれて、わたしはみっともない声を上げてしまった。まさか、今まで品定めをするようにベルさんの顔とか胸とかを見ていたのがばれたのだろうか。

ベルさんの細く長い指が、わたしへと伸びる。

怒られるのか。

ベルさんの指が、わたしの唇の数センチ隣に触れた。

びく、とわたしは身をすくませてしまう。

しかしそれ以上はなにもせずに、ベルさんは指を引いてしまった。

「ふふ、おべんとです」

そう言ってベルさんは指先を見せる。その人差し指と中指の間に、白い小さなものが挟まっていた。それは米粒だ。

ベルさんが、指を口元へと持っていく。あ、と思う前に、ベルさんはその米粒を食べてしまった。その瞬間、わたしは喩《たと》えようもない気恥ずかしさに包まれた。

「うう……わたし、そんなに慌てて食べてた？」

「いいえ、琥太郎様の食べ方はとても綺麗《きれい》ですよ。お米なんてつくわけがありません」

「……へ？　でも、今」

わたしの食べ方はちゃんとしていて、だから米粒がつくわけがなくて、でもベルさんはわたしの頰《ほお》から米粒を取って？

なんだか頭がかき回されてきた。

「こうしてですね」

なにか含みのある表情で、ベルさんは自分の茶碗《ちゃわん》から米一粒をつまんで、人差し指と中指に挟んだ。

待った、なんだか見たような光景だ。

「これを、ですね」

二本の指を、わたしの頬に持っていく。そしてわずかに触れさせたかと思うと、すぐに引き戻してしまった。

ああ、わかった気がする。

ベルさんが指の間の米粒をこちらに見せてから、桃色の唇に挟み込んだ。それはまさしく、先ほどの一連の動作、その巻き戻しだ。

「なんだって、そんな」

呆《あき》れながら、ベルさんに問う。

「あら、だって琥太郎様ったら隙《すき》がございませんもの」

「すき?」

「わたくし、一度こういうことをしてみたかったんです。おべんとついてる、ぱくっ、って。なのに琥太郎様、いつまで経《た》ってもご飯粒をつけてはくれませんでしたので」

「……だからイカサマした?」

「はい」

まったく悪びれもせずに、ベルさんは花の咲いたような満面の笑みを向けてきた。ぐ、と言葉が詰まった。その笑顔は反則だ。なにか言い返そうとも、ベルさんの嬉しそうな表情を見ていると、嫌味も言えないじゃないか。

だからわたしはせめて、苦しまぎれに呟《つぶや》く。

「……お行儀悪いよ、ベルさん」

「あら、本当ですね」

ぺろりと舌を出して、ベルさんは悪戯《いたずら》っ子のように微笑《ほほえ》む。

やっぱり大きいベルさんには、ちっとも敵《かな》わない。

◇◆◇◆◇

後日。

「今日はー♪　コタロー殿の手料理でありますー♪　コタロー殿の手料理でありますよー♪」

「ベルさん、ご飯粒ついてるよ」

「むむ、これはお恥ずかしいところをお見せしたであります、お見せしたであります」

「んもう。こっちのベルさんには簡単に勝てるんだけどなぁ」

19. 冷静と情熱のあいだ。

ゴゴゴゴゴ。

そんな擬音《ぎおん》がふさわしい雰囲気に包まれていた。

我が家の玄関先で、ベルさんとディアナ様が向かい合っている。夜の八時という時間に玄関という場所は必ずしも不自然ではないが、それがメイドロボとグレート・ピレニーズという組み合わせは明らかに普通ではない。

いつも元気よくにこやかなベルさんが、この時はとても険《けわ》しい顔をしていた。対するディアナ様も、普段の温厚な表情はなりをひそめ、鋭い眼光を放っている。

常に仲のよい両者が、今回ばかりは一触即発の剣呑《けんのん》な空気をまとって、お互いにどっしりと座っていた。

声をかけることすらままならない、冷たく重い沈黙。

それを破《やぶ》ったのは――ディアナ様だった。予備動作など無視するかのように、前足をベルさんに繰り出した。

そもそもが護羊犬である。今でこそ温厚な性格だが、内に秘めた野生は決して退化してはいない。鋭さを隠しもしないディアナ様の前足は、一直線にベルさんを狙《ねら》って伸びた。

正確には、ベルさんの足下《あしもと》に。

もっと言うと、床に伏せて置かれているトランプのカード、その二枚のうちの片方に。

肉球ぷにぷにの前足が、カードを踏みつけた。

「あああっ！　陛下、そっちはまずいであります、まずいでありますよ！」

不意にベルさんが絶叫した。

「わふ」

しかしディアナ様は聞く耳持たないといった様子で、カードにしか興味を向けていない。

「悪いことは言わないからこっちの方にするであります、こっちの方にするであります！」

ベルさんは必死に食い下がり、残ったもう一枚のカードをディアナ様の前にちらつかせる。

が、もうなにをしても無駄だった。ディアナ様は鉄の意志で、カードを押さえつけた前足を自分の元へと引き寄せる。

わたしはディアナ様の背後に回って、伏せられているそのカードをめくった。

スペードの8。

そしてもう一枚、先ほどからディアナ様の足下に置いてあった別のカードをめくる。

ハートの8。

わたしは無言で、その二枚を横のカード置き場に放《ほう》り投げた。そこには今まで使用して役目の終わったカードが乱雑に置かれている。

「……ババだけが残ってしまったであります……残ってしまったであります……」

ただ一枚残った手持ちのカードを見つめて、ベルさんは心底悲しそうな声音でがっくりとうなだれた。

「またディアナ様の勝ちだね」

「わふふふふ」

ディアナ様は器用に笑っていた。

そういうわけで、ベルさんとディアナ様のババ抜き三本勝負はディアナ様の二勝一敗に終わったのだった。

しかし犬に負けるロボというのもどうなんだろう。

「うう……ベルは敗者であります、敗者であります」

「くぅーん」

ディアナ様がベルさんを慰《なぐさ》めるように鼻をこすりつけている。一見すると微笑ましいその光景だが、その間には勝者と敗者の立場の違いが確実に横たわっていることを忘れてはならない。

「どうしてベルは勝てないでありますか、勝てないでありますか」

散乱したカードを丁寧に揃《そろ》えながら、ベルさんは呟く。

「だってベルさん、表情に出すぎなんだもん。ねー、ディアナ様」

「わぅ」

わたしの言葉に同意するディアナ様。本当に、この子は賢い。飼い主の理々も少しは見習ってほしいものだ。

「表情でありますか、表情でありますか」

ベルさんは自分の頬《ほお》をつまんで、左右に広げてみたり逆に押し潰《つぶ》したりしている。実に面白いのでやめていただきたい。

「さっきだってそうでしょ。ディアナ様に8取られた時に露骨に慌ててたじゃない」

罠《わな》かと思えば、実際は本当に狼狽《ろうばい》していただけだという。

「そんなことは断じてないであります！　コタロー殿、もしやベルの冷静さを馬鹿《ばか》にしてるでありますな？　こう見えてもベルは素直クールなメイドロボでありますよ、素直クールなメイドロボでありますよ」

さっぱりわからない喩《たと》えだった。

「じゃあ、勝負しようよベルさん。はい、この五枚のカード持って」

「こうでありますか」

「見ての通り、ジョーカーが一枚入ってるよね。それをよく切って」

ベルさんが素直にカードを念入りにシャッフルする。

「切ったであります」

「じゃあ、わたしが一枚だけ引くよ。ジョーカー引いたらわたしの勝ち。それ以外ならベルさんね。わたしが負けたらキスしてあげ」

「舌入りでありますな⁉　舌入りでありますな⁉」

わたしが言い終わる前に、ベルさんは紫電《しでん》のごとき速さで身を乗り出して口を挟んだ。素晴らしい反応速度をこんなところで誇らないでほしい。

「う、ん、いい、けど」

「ひゃっほうであります！　いえっふーであります！」

とても喜ばれてしまった。

確率的に言えば、五分の四でわたしの負けになる。どう考えても圧倒的に不利なのはわたしの方だ。にも関《かか》わらず、ディープキスという重要な条件を提示したのは、簡単に言えば絶対に負けない自信があるから。

「じゃあ、引くよ」

「望むところであります！　望むところであります！」

ベルさんが五枚のカードを、裏を見せて突き出した。わたしはとりあえず、その真ん中の札に触れる。

にんまり。

ベルさんは露骨に口の端を吊《つ》り上げた。笑っているのだ。わたしはそれを見て、その右隣の札に指先を持っていく。

しょぼーん。

しょんぼりされた。

一番右の札。

にんまり。

一番左の札。

にんまり。

左から二番目。

にんまり。

真ん中。

にんまり。

右から二番目。

しょぼーん。

「……はい、これね」

わたしは右から二番目のカードを引いた。

裏返してみると、それはまさしくというか当然というか、鎌《かま》を持った死神が描かれている。

ジョーカーだ。つまりは、確率五分の一でわたしの勝ち。

「な、なぜにバレたでありますか⁉ バレたでありますか⁉」

「いや、だからね……」

「むぐーであります、むぐーであります」

「ほら、ディアナ様を見てよ。全然表情が変わらないでしょ」

ただでさえ犬の表情の変化なんて、人間にはなかなか判断できないから、なおさら無表情に見えるディアナ様だ。

「確かにでありますな、確かにでありますな」

「勝負ごと、特にギャンブルは相手に心を読まれたらお終《しま》いなんだよ。考えていることは表情に一番出やすいからね。だからポーカーフェイスが必要なの」

「ポーカーフェイスでありますか、ポーカーフェイスでありますか」

「うん。トランプの時は眉《まゆ》一つ動かさないことを心がけて」

なにごとにも屈しない強靭《きょうじん》な心こそが最強の武器なのだと、どこかで聞いた覚えがある。

「わかったであります！ ベル、ポーカーフェイス習得のために特訓するでありますよ！ 陛下、次は負けないであります、負けないであります！」

「わん！」

ベルさんの瞳《ひとみ》が燃えていた。ディアナ様もライバルの奮起ぶりに心躍っているようだった。

なんだかんだで、やっぱりいつも仲のよいコンビだ。

そうして、再戦を誓《ちか》い合った両者が相見《あいまみ》えるその日を胸に。

ベルさんの特訓はここから始まるのだった。

◇◆◇◆◇

数日後。

「コタロー殿。ベル、明鏡《めいきょう》止水《しすい》に目覚めたであります。もうベルの表情を読むことはできないでありますよ、できないでありますよ」

「ベルさん……今日はエッチしてもいいよ」

「マジでありますか⁉　マジでありますか⁉」

「……全然目覚めてないじゃない」

「しょぼーんであります……しょぼーんであります……」

20. 体育の時間はご用心。

力いっぱい、地面を蹴《け》って走る。

空気の壁を突破するように、ただひたすらに手足を振って。

目標までもう少し、あと少し。

正面から敵が近づいてきた。同じものを狙っている。それぞれの距離は、やはり同じくらいだ。であれば、速力が勝負の決め手になる。

あと三メートル。

二メートル。

目指すべきもの——フリーになったサッカーボールまで、あと一メートル。

眼前には、同様にこぼれ球を拾おうとする相手チームのクラスメイト。ボールを挟んでほぼ等しい距離に位置している。

あとは、どちらが足を出すのが早いか。

こちらとあちら、ボールに足を伸ばしたタイミングは。

間一髪《かんいっぱつ》、わたしの方が早かった。

勢い余ってぶつかるのを避けるため、ボールと一緒に身体《からだ》を大きく横に振って相手をかわす。

体勢が崩れるのを腕を振った反動で強引に引き戻して、抜いた相手が振り向く前にわたしは一歩を踏み出した。

素早くフィールド全体を見る。

背後に敵の息遣いを感じた。ためらってはいられない。わたしは足を振り上げ、ボールを前方に蹴り飛ばした。

センターラインを越えた反対サイド、誰《だれ》もいない場所へ。

いや、誰もいなくはない。一人、その地点に走り込んでいく影があった。その人影は、うまい具合に相手選手のマークをすり抜けて、ボールをトラップした。

耕平《こうへい》だ。

「こーへー、がんばってねー」

左バックのわたしの役目はとりあえず終了したので、エールを送ってみる。

「おー」

耕平は走りながら上半身だけこちらに向けて、呑気《のんき》に手を振っている。そんなことをしているうちに、耕平の前方から敵が迫ってきた。

その相手チームの左ハーフ、クラスでも巨漢に部類される彼が、耕平の前に立ちはだかる。

しかし耕平は相手の大きく開いた股《また》の間に、ボールを蹴り入れた。すばやく身をひるがえして、耕平が巨体の彼を抜き去る。

「なにィ⁉」

どうもこのクラスでは、相手にドリブルで突破された時は、この叫び声を上げなきゃならない決まりになっているらしい。

もちろん、こんな変なことを提案する人間は一人しかいない。今頃《いまごろ》、体育館のバレーの授業で変化球レシーブや殺人トスを上げているであろう理々だ。理々は敵に回すと恐ろしいし、自軍にいても扱いが面倒なので、さぞかし試合を引っかき回していることだろう。

そんなことを思っているうちに、耕平はゴール前にセンタリングを送った。そこに合わせて走り込んだ男子が、ノートラップランニングボレーシュートでゴールに押し込む。敵ゴールネットが揺れて、体育教師のホイッスルが鳴り響いた。

上がっていたフォワードたちが戻ってくる。その中には耕平も含まれていた。

「やったね、こーへー」

「センタリングしただけだけどなー」

ぱちん、とハイタッチ。

わたしは満足して、自分のポジションに着く。

なお、わたしたちのチームが押しているように見えるが、実際は三対四で負けてます。

わたしもサッカーは、というか球技全般があまり得意ではない。耕平のようにヒールリフトとかムーンサルトパスカットとか消えるフェイントとかオーロラカーテンとかはできないのだ。

いや、耕平も最初の一つ以外はできないけれど。というか人類にはできないけれど。

と、そうしているうちに校舎の方からチャイムが鳴り響く。それを合図に生徒たちが体育教師の元へ集った。

点呼を取り、次回の確認をして、本日の体育の授業は終了とあいなった。

そんな感じで、体育館へと戻っていくクラスメート。わたしと耕平もそれにならって歩き出した。

三々五々、体育はなかなかつらいものがある。内容が、ではない。身体を動かすのは決して嫌いじゃなかった。

しかし、
問題は、だ。

体育館の更衣室に入る。

自分では女の子だと思って、女子の制服を着ることも周囲に黙認されているが、さすがに更衣室は別にされてしまった。そのまま女子に混ざってもスルーされると思って、実際にそんなムードだったのに、理々にダメ出しされてしまったのだ。

多分、反対派は理々だけだったと思う。しかし不幸なことに、理々という一票はクラスではとてつもなく大きかった。それはそうだろう、あの鋭い眼光でひと睨《にら》みでもされたら口答えできるわけがない。生まれた時から一緒にいるわたしでさえまだ怖いのに。

そんなこんなで、男子と一緒に着替えをすることを余儀なくされたわたしだけど、まさしく問題はそこにあった。

「うう、すごい見られてる」

周囲の視線が束になってわたしを襲ってくる。無理もない、はたからすれば男子の集団の中に女子が一人だけまぎれているようにしか見えないのだ。

いや、わたしだってそのつもりだけれど。

「いい加減慣れてくれ、ほんと」

耕平がわたしを背中に隠してため息をついた。それはわたしではなく、周《まわ》りに言った言葉だ。着替えの時は、こうしてわたしを好奇の視線から守ってくれる耕平だった。

「いや、無理だろそれ」

「見るなって言う方が、なぁ」

近いところにいたクラスメイトが口々に言う。常時のわたしのスタイルには慣れてくれた彼らだが、やはりまだ完全には受け入れていただけないらしい。

仕方ないので、わたしは毎回、耕平の後ろが定位置だった。女の子の着替えは時間がかかるもの。わたしも同じで男子のようにあっさり着替え終わるわけじゃない。そんな時、耕平は自分が先に終わっても、ちゃんと仁王立《におうだ》ちしたまま匿《かくま》ってくれる。

耕平、紳士。

幼なじみって素晴《すば》らしい。

ようやく制服を身につけて、髪も整える。

「うう、いつもありがとね、こーへー」

「別にいいよ」

あくまで自然に、飄々《ひょうひょう》と耕平は答える。

「……なんか。お前ら、ふつーに付き合ってそうに見えんな」

ぽつりと、クラスメイトの古田《ふるた》君が呟《つぶや》いた。先ほど耕平のセンタリングでノートラップ中略シュートを決めた彼だ。サッカー部ではないけれど、我がチームのエースストライカー。

「付き合ってませんー。そりゃ、こーへーは好きだけど、ライクとラブは違うんだよ?」

「それ、まかり間違っても野郎が野郎に言う台詞《せりふ》じゃ」

「古田、そこまでにしとけ。琥太郎は試験受けてないけど黒帯クラスだ」

耕平が古田君を制した。失礼な、わたしは理々と違ってすぐ暴力に訴えかけるような不健全な精神は宿していないのだ。

でも、まあ。

こんなわたしでも爪弾《つまはじ》きにしないで受け入れてくれるクラスというのは、とても嬉《うれ》しかった。それだけは自信を持って言える。わたしは理々や耕平だけじゃなく、クラスや学校のみんなに助けられているのだなと実感した。

みんなにでっかい感謝です。

◇◆◇◆◇

放課後。

「へへっ！　もう細かい前置きはめんどくせえ！　俺《おれ》は最初から最後まで徹底的に――」

「あ……と、先輩、あんまり接近しないでください」

「あん？」

「その、最後、体育だったから」

「だからンだコラ」

「わたし、汗かいちゃったから……その」

「…………」

「おわぁ!?　兄貴が鼻血吹いた!?」

「Leader!?」

21. 侍女ライダーベルテイン。

一週間ぶりの日曜日。いや、日曜日は一週間に一度しかないから当たり前と言えば当たり前なんですが、この際こっちに置いておいて。

それは日曜日の二時を少し回った時だった。

「うーむむ、であります、であります」

ベルさんが丸椅子《いす》の上に立ち上がって冷蔵庫を開けて、なにやらうなっている。居間のソファーに座って小説を読んでいたわたしは、しおりを挟《はさ》んで文庫を閉じた。

「どうしたの、ベルさん」

「うにゅーんであります、うにゅーんであります」

しょんぼりしていた。

ベルさんの視線の先、野菜室。そこは整然として、野菜がゆったりと身を横たえていた。見たところ、多すぎず少なすぎず、適量の野菜が揃《そろ》っているように思える。ベルさんはなにをしょんぼりしているのだろうか。

いや、違う。

やはりその野菜室には決定的なものが足りなかった。

「レンコンが切れてしまったであります……レンコンが切れてしまったであります……」

そうだった。少し前にのぞいた時の過剰なほどのレンコンが、綺麗《きれい》さっぱり姿を消しているのだった。生のものは元より、常備していた水煮パックまで。

「ベルさん、やっぱり使いすぎなんじゃあ」

ここ数日間は必ずと言っていいほど食卓にはレンコンが上っていた。天ぷらだったり酢の物だったり混ぜご飯だったり細切りしてレモン汁でアク抜きしてゼリー寄せに入れたり。

「コタロー殿は白いご飯がなくなったらどうするでありますか、どうするでありますか」

「え、ど、どうって」

「これから毎朝パン食になったらどうするでありますか、どうするでありますか」

「う……それはちょっと嫌、かな」

わたしは根っからの和食派なのだ。昼食や夕食ならともかく、朝はしっかり白飯を食べたい。

「それと同じであります。ベルにとって三大栄養素と言えば炭水化物、蛋白質《たんぱくしつ》、脂質、レンコンでありますよ、レンコンでありますよ」

レンコンは栄養素の名前だったのか、初めて知った。というか三大栄養素が四つあるのはつっこんでいいのだろうか。

話が長くなったが、要約するとベルさんにとってレンコンは何物にも代えがたい存在だということだ。

「えっと、とりあえず冷気が漏れるから冷蔵庫閉めようね」

「買いに行くであります、買いに行くであります」

冷蔵庫のドアを強く閉め、ベルさんは真剣極《きわ》まる表情でそう答えた。こんなシリアスなベルさんは見たことがない。下手《へた》をすれば、わたしを男子に戻すという使命よりも大きなウェイトを占めているのかもしれない。

「う、ん、そうだね……」

ベルさんの放つオーラに圧倒されて、わたしは力なき呟きを漏らすことしかできないのだ。

「とぉっ、であります、であります」

ベルさんは椅子から飛び降りて、一路玄関に向かった。なんとなくその場の雰囲気に流されて、後に続くわたし。

と、ふと気になった。

「ねえ、ベルさん」

「なんでありますか、なんでありますか」

「ベルさん、いっつもお買い物に行ってくれるけどさ、荷物はどうしてるの?」

毎日食べている白米とて、別に配達してもらっているわけではない。買ってくる物のはずなのだけれど、ベルさんが持って帰ってこられるとは思えないのだ。大きいベルさんなら可能だろうけど、毎回そう都合よく変身しているとは限らない。

「ベルには秘密兵器があるでありますよ、秘密兵器があるでありますよ」

にやり、と唇を歪《ゆが》めてベルさんはかわいくなく笑う。

しかし、聞き慣れない単語があったように思える。秘密兵器とはいったいなんなのだろう。

それがあればベルさんの体躯《たいく》でも買い物に不自由しないということか。

「……もしかして、ディアナ様？」

「陛下は三回くらいご協力頂いたらリリ嬢に禁止されたであります、禁止されたであります」

実際やってたのか。

ディアナ様じゃないとしたら、なにか別の。そこまで考えて、わたしはベルさんの買い物事情をまったく知らないことに気がついた。これでは家族失格である。

「ね、ベルさん」

「なんでありますか、なんでありますか」

「わたしもお買い物について行っていい？」

「いいでありますか？　いいでありますか？」

「いや、わたしの方がいいかなって聞いてるんだけど」

「おっけーであります！　一緒に行くでありますよ！　一緒に行くでありますよ！」

やっとベルさんにいつものテンションが戻った。やっぱりこの人はこういう向日葵《ひまわり》のような笑顔がよく似合う。

そうと決まれば、さあ動き出そう。パーカーを羽織って、お財布も持った。
準備は万端、I'm ready.
ベルさんと一緒に、我が家の玄関から外の世界へと旅立っていく。

◇◆◇◆◇

「秘密兵器、ねぇ」

商店街にたどり着く頃合い。わたしは、なんとも言えない脱力感を感じながら力なく呟いた。

その原因を目で追う。位置にして視界の左下。そこは一緒に外出する時のベルさんの定位置で、今回もご多分に漏《も》れずベルさんはそこにいた。

——自転車のような、バイクのような機械にまたがって。

「おっかいものーであります♪　おっかいものーであります♪」

鼻歌混じりで、当の本人はご機嫌だった。

ベルさんが乗っているのは前述の通り、自転車だかバイクだかわからない乗り物だった。本体の車輪は三つ、フロントに一つとリアに二つ。本体と言ったのは、後ろにさらに独立した荷台があるからだった。こちらは前後二つずつ、計四つの車輪がついている。オート三輪のような趣《おもむ》きがあった。

ベルさんが特に足で漕《こ》いでいないところを見ると原動機はついているらしく、自転車ではなさそうだ。一見すると仰々《ぎょうぎょう》しくあったが、サイズはベルさんに合わせてあるので幼児の玩具にしか見えない。速度もわたしの歩みと同じくらいだ。もっとも、これはベルさんが合わせてくれているのだろうが。

「で、これはなんなの」

「EMA初号機のサポートメカであります、サポートメカであります」

「さ、さぽーと？」

「SM－001多目的機動三輪車両、『メイドエクステンダー』であります、であります」

なんか形式番号まで出てきた。商品展開で売る気満々の玩具企業みたいだ。

「いつの間にこんな」

「ミヤマ博士から送られてきたでありますよ、送られてきたでありますよ」

それこそいつの間に送ってきたんだ、お母さんは。

でもまあ、後部の荷台もそれこそ買い物袋の二つや三つは乗りそうなくらいゆとりがあるし、秘密兵器というのは言い得て妙だった。

そんなこんなで、ベルさん駆る買い物バイクに並列して、わたしは商店街を歩いていく。

そして、それは魚屋さんの前を通りがかった時だった。

「おう、琥太郎《こたろう》！　ベルの字！　寄ってかねえかい！」

そんな威勢のよい声が賑《にぎ》やかな商店街にこだまする。なにかと思ったら、魚屋の店主が手を打ちながらこちらを笑顔で見ていた。昔から海鮮を買う時によく利用している馴染《なじ》みの店だ。

「……ベルの字?」

「シゲ殿、今日はなにが入ってるでありますか、入ってるでありますか」

ベルさんはごく自然にバイクを止め、魚屋のおじさんに話しかけていた。

「そうさなぁ、このホッケの開きはどうだ?　ここ一番の出物だ。もちろん乾燥機じゃない、天日干しの自家製だ」

「もらうであります!　もらうであります!」

ベルさんが即決した。お金を払い、ビニール袋に入ったホッケの開き二尾を受け取り、後部の荷台に乗せる。一連の動作が実に自然で、何度も繰り返してきたやり取りなのだということが容易に読み取れた。

「琥太郎も最近とんと来なくなったもんだから、ベルの字ばっかり相手するようになっちまったさ。元気にしてたか?」

「あ、ごめんなさい……ベルの字?」

「コタロー殿、行くでありますよ、行くでありますよ」

「おう!　またな琥太郎、ベルの字!」

「……ベルの字?」

結局、最後まで謎《なぞ》の単語の意味がわからずじまいだった。

少々寄り道をしてしまったが、目的の八百屋《やおや》は三軒隣なので、さして時間を要さずに到着した。店の前では恰幅《かっぷく》のよい中年のおばさんが接客をしている。ベルさんが来るまではわたしもほぼ毎日足を運んでいた行きつけの店だ。

「あれま、琥太郎ちゃん。久しぶりねぇ」

「はは、二ヶ月ぶりくらいでしょうか」

それはベルさんが我が家にやってきた時期と一致する。今ではベルさんが買い物に行ってくれているが、それまでは買い物からなにから家のことはすべてわたしの担当だったので、何度もここにはお世話になっていた。

「女将殿《おかみ》、いつものはあるでありますか！　あるでありますか！」

「ああ、ベルテインさん。はい、入荷してるよ」

そう言って、おばさんは陳列台の脇《わき》から紙袋を持ち上げた。

「なんです、それ」

「レンコンさね。山口ものだよ」

ベルさんのレンコンの仕入先はここだったわけか。しかも山口県のレンコンと言えば岩国市《いわくに》が有名だ。なんでも穴が一つ多いらしい。それがどうよいのかは定かではないが。

「レンコンでありますー♪　レンコンでありますよー♪」

ご希望の物が手に入って、ベルさんは大変ご機嫌だった。抱えるようにして紙袋を受け取り、例によって後ろの荷台に積んでいく。

おばさんが紙袋を渡す。

ベルさんが荷台に積む。

おばさんが紙袋を渡す。

ベルさんが荷台に積む。

おばさんが紙袋を、

「ちょ、ちょっと、いくつあるの？」

「積めるだけ積むであります！　積めるだけ積むであります！」

買い占めが始まった。

なるほど、確かにこれでは野菜室がレンコンで満杯になるわけだ。尋常じゃないほどの量でも、我が家のレンコン使用率から考えると、また半月も経《た》たずに補充することになるのだろう。

「ここ最近、ベルテインさん以外でもレンコンの売れ行きが伸びてねぇ。ベルテインさんに影響されてみんな買ってるんじゃなかろうかね」

「は、はは……そんなバカな」

嬉《うれ》しそうに語るおばさんに、わたしは乾いた笑いを浮かべるしかなかった。

しかし、ベルさんについて来てわかったこともある。それは、ベルさんは意外と商店街の人と交流を持っているということだ。先ほどの魚屋さんといい、ここの八百屋さんといい、ベルさんには実に親しげに接していた。

それは町の人も電動侍女型機械人形としてではなく、ベルさんという一個人として見てくれていることに他ならない。深山《みやま》家のベルテインという存在を認めてくれている。家族であるわたしにとっては、とても嬉しいことだ。

もっとも、ベルさん本人はそんな難しいことは考えていないのだろう。いつも通りに生活して、いつも通りに笑顔をふりまくだけ。でも、それがベルさんなのだと思う。

「これで今日はレンコンのフルコースであります！　レンコンのフルコースであります！」

ベルさんは、これでいいのだ。

◇◆◇◆◇

「でもさ。前に傘《かさ》とかお弁当とか持ってきてくれたけど、ディアナ様や徒歩じゃなくてバイク使えばいいんじゃないの？」

「バイク通学は禁止であります、禁止であります」

「いや、ベルさんは生徒じゃないでしょ……」

22．プリン大作戦。

「う……」

起きて部屋から出て、まず違和感を抱いた。二階まで漂《ただよ》ってくるのは、甘い香り。花のような清冽《せいれつ》さではなく、もっと濃厚な芳香。まるでお菓子のような……お菓子？

そう、これはバニラエッセンスによく似ていた。

階段を降りて、居間に向かう。ドアを開いた瞬間、玄関先の比ではない甘い匂《にお》いが鼻孔《びこう》を刺激した。なんだか頭までとろけそうだ。

居間には誰《だれ》の姿も見えない。ソファーは無人だし、テレビも消えたままだ。となると、この芳香の正体は奥のキッチンからであるらしい。まあ、それ以外考えられないのだけれど。

キッチンをのぞき込む。

はたして、そこには犯人の背中があった。

しかもこのシルエットは。

「ベルさん？」

控え目に声をかける。

「あら？　おはようございます、琥太郎《こたろう》様」

キャストアウェイ後のベルさんだった。

「うん、おはよー」

「申し訳ございません、こちらにかかりきりで」

ベルさんが気品に満ちた立ち振る舞いで、深々と頭を下げた。わたしはベルさんの両肩を摑《つか》んで、上体を起こさせる。起こせなかったからといって謝られると、こちらが申し訳なくなってくる。

「いや、それは全然構わないんだけど……なに、してるの？」

「これは、ですね……ふふ、プリンです」

ベルさんが柔らかく微笑《ほほえ》む。一挙手一投足が一幅《いっぷく》の絵画のように様になる人だった。

それにしても、プリン。なるほど、そうであればこの洋風っぽい甘い匂いは説明がつく。

問題は、だ。

「……プリンって、鍋《なべ》で煮込むものだっけ？」

ベルさんの肩口から顔を出して、コンロをのぞき込む。

そこには、大きめの鍋の中に並々と注がれているクリーム色の液体があった。

「プリンの素がなかなか溶けませんでしたので」

そう答えるベルさんのかたわらには、銀色のパウチのようなものが転がっていた。見た目、レトルトカレーを出荷する時に包装する、あのような感じだ。

ふと気になって、それを掴み上げてみる。

「……業務用プリンの素、いちきろ」

「はい」

二袋あった。しかもそれらは空だった。ということは、その内容物は当然、ベルさんが鼻歌混じりでかき混ぜている鍋に。

不意に、とある衝動に突き動かされて、ごみ箱の資源ごみの方をのぞいてみる。案の定、一リットルの牛乳パックを洗って切り開かれたものがいくつも重なっていた。

数えてみる。

「……なな、りっとる」

「はい」

ベルさんが至極何でもないといった涼しい顔で首肯した。

釈然としないながらも、わたしは先ほどから一番気になっていたものに目をやった。

「……ベルさん、このバケツ」

明らかにキッチンには不釣り合いの、巨大なバケツ。

まさかとは思うけど。

「バケツプリンですわ」

語尾にハートマークがつきそうなくらい甘い調子で、ベルさんはとても楽しそうに破顔一《はがんいっ》笑《しょう》した。その笑顔に一瞬、胸が高鳴る。いや、ときめいている場合ではない。頭を振って、バケツを持ち上げた。

「じゅう、りっとる」

食品容器にも安心してお使いいただけます、と注意書きされていた。しかしそれは配給とかに使う場合であって、間違っても一般家庭で安心してお使いいただく類《たぐい》のものではない。

「たっぷり作れますね」

うふ、とお玉を持ち上げるベルさん。

よく考えてみよう。

業務用プリンの素、一キロが二つ。牛乳一リットルが七パック。

合計、約九キロ。

九キロって。

わたしはひょっとして、なにか名状しがたい宇宙的な混沌《こんとん》を目の当《まあ》たりにしようとしているのではないか。

「な、なんでこんな」

「ゾンダーエプタでバケツプリンフェアをやっていまして。バケツ込みで千円でしたので」

いや、なにを考えてるんだ、あそこのスーパーは。しかもプリンの素二キロと牛乳七リットルとバケツで千円ってどれだけ安売りしてるんですか。

「だからって、うーん」

悩んでいると、ベルさんは程よく溶けたプリンの素を、鍋を掴んで豪快にバケツに流し込んだ。すべて注ぎ込むと、バケツは九分九厘、クリーム色の悪魔に染まる。

「これでよし、です。日中で冷やし固めて、お夕飯の後には完成できますわ」

「ほぼ半日ががりで固めるんだ……」

想像しただけで脳味噌《のうみそ》がプリンになりそうだ。

「あら、琥太郎様。そろそろお支度して朝食を召し上がりませんと」

「あ、うん、そうだね……」

時計を見ると、六時半だった。遅刻は間違ってもしないだろうが、油断していると余裕がなくなってしまう。

「朝食のご用意はできておりますので、テーブルにお掛けになっていてください」

「はーい……」

全然納得できていないけれど、ベルさんに言われるままに食卓に着いて待っていた。

今日の朝ご飯は白いご飯と鮭《さけ》の照り焼き、大根と油揚げの味噌汁にベルさんが漬けたキュウリとカブの浅漬け。

理想的な日本の朝ご飯。

だけど家中に充満するプリンの香りで、せっかくの朝食の味がわかりませんでした。

◇◆◇◆◇

最後のホームルームの終わりを告げるチャイムが響き渡り、クラス全員が起立をして礼。同時に、校舎全体が喧騒《けんそう》に包まれた。

机を教室の後ろに下げた後は、掃除をする者、部活に行く者、そして一直線に脇目も振らず帰る者と多種多様の放課後だ。

わたしはというと、掃除当番も図書局もないので、ふらふらと教室を出た。

「あ、ちょっ、ころ太」

正直、今日は今朝《けさ》の一件が頭から離れなくて、授業の内容もどこか上滑りしていた。暴挙とも言うべき、総重量九キロのバケツプリン。あれがどうなっているかを考えるだけで、言いようのない倦怠感《けんたいかん》に苛《さいな》まれるのだ。

「ころ太、待ちなさいよ」

半日で冷やし固めるとはいえ、あの特大バケツが十二時間程度で固まるかも疑問だった。そもそもどこで冷やすのだろうか。冷蔵庫で唯一入りそうな空間である野菜室は、ベルさんの大事なレンコンのプールになっているし。

「こぉーろぉーたぁー」

実際問題。誰が食べるのかということだ。何度も言うが九キロである。市販のビッグサイズのプリンだって容量が二〇〇グラム、最大でもせいぜいが三〇〇グラムだ。それが三十個分。食卓に並び切らない。そして総カロリー量は、想像するだに恐ろしかった。

「人の話を……」

足取りが重い。一つのデザートにここまで心労を植えつけられるとは思わなかった。

ああ、どうすれば――

「聞けってんのよ、このエビチリっ！」

「エビチリ⁉」

謎の単語に、とっさに振り向く。

そこには、憤怒《ふんぬ》の形相《ぎょうそう》で足を跳《は》ね上げる理々《りり》がいた。その軌道は、側頭部。紫電《しでん》のごときスピードで伸びてくる。

まずい、これはかわせない。不意を突かれて鞄《かばん》でガードもできない。直撃コースだ。瞠目《どうもく》すべき鋭さで、一直線にわたしを狙《ねら》って蹴《け》り足が襲いかかる。

が。

そこでわたしの頭と理々の蹴りの間に割り込むものがあった。

真っ黒いリュックタイプの鞄。その形には見覚えがある。というより、見慣れている。

耕平《こうへい》の鞄だ。

クッションになってわたしを守るように、鞄は理々の蹴り足を受け止め——

「あいたっ⁉」

——切れずに、そのまま鞄ごと理々の上段回し蹴りがわたしにヒットした。さすがに素で蹴られるよりは威力が殺されているものの、鞄の金具が当たって結局痛いものは痛い。

「うう……こーへー、金具……」

「……悪い、そこまでは面倒見きれない」

「無視すっからいけないんでしょが、このバカころ太」

蹴り足を刹那《せつな》に引っ込めて、理々は腰に手を当てて勇猛ぶりを発揮している。キック後にまったく硬直や隙《すき》がない。居合の理想系だった。

「だからって、いきなり蹴らなくても」

「じゃあ今度から蹴る前に言うわよ」

「いや、蹴るのをやめようよ……今日のは無地なんだね」

「殺す！」

「殺すの⁉」

スカートでハイキックする方が悪いのに、どうしてわたしばっかり怒られるのか。だんだん、わたしはこの三人におけるヒエラルキーの最下層に位置している気がしてきた。

「まあ、とりあえず落ち着けレバニラ」

「誰がレバニラよ⁉」

「理々、さっきわたしにエビチリって……」

「だから落ち着け、周《まわ》り見ろ」

耕平に言われて、首をゆっくり回す。

見事に注目の的だった。なにしろ今は放課後で、ここは廊下。恐らく一日で一番人通りの激しい時間帯だ。目につかない方がおかしい。

さすがにこの状況はまずい。これ以上客寄せパンダにはなりたくない。わたしは理々と耕平の手を握《にぎ》って、逃げるように階下へと走っていった。

人の波を十戒《じっかい》のごとくかき分けて、なんとか玄関までたどり着く。そうして靴を履《は》き替えて、校舎の外へ出た。

「あー、びっくりした」

外は春らしい陽気に包まれていた。朝日のような鮮烈な輝きでもなく、かといって夕焼けの燃えるような輝きでもない、中途半端な太陽だ。でも、そんな暖かさがわたしは好きだった。

人心地《ひとごこち》ついて、三人で歩き始める。

「で、どうしたのよ」

「え、なにが?」

「え、なにが? じゃねーわよ。あんた、さっきもそうだけど、話しかけても一日中上の空だったじゃない」

「え、ほんと？」

「自覚症状もないのね」

理々が心底呆《あき》れたように嘆息した。

耕平の方を向く。

「本当だよ」

耕平も頷《うなず》いた。

「なんなのよ、なにか悩みごと？」

「悩みってわけじゃないけど……あ！」

そうだ、この二人がいたじゃないか。

「な、なによ大声出して」

「ねえねえ二人とも、プリン好き？」

「プリン～？」

理々が露骨に片眉《かたまゆ》だけ上げて、訝《いぶか》ってくる。

「そりゃ、まあ。嫌いじゃないけどな」

これは耕平だ。

「よかったー。あのね、二人とも――」

◇◆◇◆◇

ついにこの時がやって来た。

「……夕飯食べたら来いって言うから、なにかと思ったら」

理々が眉間に皺《しわ》を寄せたまま、うなる。

「だ、だって……わたしとベルさんだけじゃ、絶対無理だもん」

「なるほど、琥太郎はこれで悩んでたのか」

耕平が得心したように手の平を打った。

「ふふ、うちでも今度やってみようかしら」

「……母さん、やめて。絶対やめて」

理々のおばさんは相変わらずの糸目で呑気《のんき》に微笑《ほほえ》んでいる。

夕食後、深山《みやま》家の居間。

食卓を囲むのは、わたしとベルさん。理々と、おばさん。そして耕平だ。ここにいる五人が五人とも、視線をある一点に注《そそ》いでいる。

すなわち、食卓の上の特大バケツ。

およそ九キロ。

「なんとか固まったようですわ」

ベルさんが歌うように言葉を紡《つむ》ぐ。

「ベルテインさんが冷蔵庫を使わせてほしいって言ってきた時はなにごとかと思ったけれど、こういう面白《おもしろ》いことなら喜んでお貸しするわ」

なるほど、どこで冷やし固めるのかと思ったら理々のお家《うち》の冷蔵庫を使用したのか。確かにあの冷蔵庫は一般家庭に必要なのかと思えるくらい大きい。バケツ一つくらい収納できるスペースはありそうだった。

「それでは、お集まりの皆様。アテンションプリーズです」

ベルさんはバケツを両手で摑《つか》み、軽々と持ち上げた。毎度思うが、ベルさんはわたしを抱きかかえたりといい、このたおやかな四肢のどこにそんな膂力《りょりょく》があるのだろうか。

あらかじめ用意されていた特大の平皿に、バケツが逆さに置かれる。

ゆっくり、ゆっくりとベルさんの両腕が持ち上がる。

ぬぽっ。

ぶぽぽっ。

理々と耕平とわたしが、食卓から二、三歩後ずさった。およそ食物とは思えない嫌な音だった。そんな異音でも動じないおばさんはさすがと言うべきか。

「……あれはプリンじゃない。もっとおぞましいなにかよ」

「……いや、プリンなんだけどね」

とはいえ、理々の気持ちもわかる気がした。

「えいっ」

ベルさんが短く気合を入れる。


ぶぱんっ！


一際《ひときわ》身の毛もよだつような音と共に、ついにバケツプリンはその姿を現した。悠然とそびえ立つクリーム色の大山が、食べる前から食欲を減退させてくれる。

と、そこで不意にリビングが光で満たされた。

「力を使いすぎたであります、使いすぎたであります」

ベルさんの身体《からだ》が大人の女性からドールサイズに縮んでしまっていた。

「今日はちょっぴり長かったね」

重たいバケツを持ち上げる前に変身解除されなくて助かった。

「ではいただくであります、いただくであります！」

ベルさんが人数分のスプーンを用意する。

氷山の一角を崩して、口に入れた。

「あ、おいしー」

特筆すべき点のない、ごく普通のプリンだった。それゆえに馴染《なじ》みの深い味だ。強《し》いて違いを挙げるとすれば、市販のものよりも少しばかり弾力があることだろうか。

「でも、五人でも無理そうだな」

耕平の言う通りだった。割り当てとしては、一人当たり一八〇〇グラムなのだ。一八〇〇って。一升瓶じゃあるまいし。

「コタロー殿、コタロー殿」

「ん?」

「あーんであります、あーんであります」

ベルさんがプリンをすくったスプーンを、手を添えたままこちらに差し出してくる。

「あーん」

食べる。冷たくて甘くておいしい。業務用もなかなか馬鹿《ばか》にできないものだ。

「……ころ太」

「ん?」

見ると、理々は山盛りのプリンが乗っかったままのスプーンを、空中で静止させていた。

「……あ、あー」

「あ？」

「……なんでもねーわよ！」

突然、理々が猛然と巨大プリンを突き崩してかき込み始めた。

「わ、理々、太るよ」

「うっさい、このカニ玉！」

「カニ玉⁉」

また謎《なぞ》の単語で罵倒《ばとう》された。というか、どうしてさっきから中華料理なのか。

ふと見ると、ベルさんがプリンをボウルに移していた。

「ベルさん、それは？」

「これは陛下の分であります、陛下の分であります」

そうか、ディアナ様もいたのだった。ディアナ様はなんでもよく食べるけれど、甘い物も結構いける口なのだ。

となると、五人と一匹。一人当たりのノルマもやや減る。

「が、がんばろうね、みんな」

そろそろ舌が甘みに鈍感になり始める頃《ころ》。

わたしはマシーンのようにプリンを口に運びながら、とりあえず励《はげ》ましの声を送るのだった。

うん、がんばろう、わたし。

◇◆◇◆◇

「……こ、ころ太」

「ん？　なに、理々」

「あ、あー……」

「琥太郎ー」

「どうしたの、こーへー」

「ほら、あーん」

「あはは、あーん」

「……ふぬぅっ！」

「あいたっ！　なんで叩《たた》くの⁉」

「やかましいのよ、このフカヒレ！」

「フカヒレ⁉」

23. ベルさん、がんばる。

「それじゃ、行ってくるねベルさん」

今日も琥太郎《こたろう》様は元気に登校されます。その笑顔を見ているだけで幸せなわたくしでした。

「行ってらっしゃいであります、行ってらっしゃいであります」

手を振るわたくしに手を振り返して、琥太郎様はドアの向こうへ旅立っていかれました。

本当はわたくしもお見送りではなく、学校までご一緒したいのですが、いかんせん小さなこの身体《からだ》では琥太郎様の足手まといとなってしまいます。

それに、琥太郎様の不在な深山《みやま》の家を守るのも、このわたくしの使命。常に最高の状態で愛《いと》しい殿方をお待ちするのも、ＥＭＡがすべき重要なことなのです。

「さて……今日も一日がんばりまっしょいであります！　がんばりまっしょいであります！」

気合を入れて、わたくしは家事に取りかかりました。

MISSION.1　食器洗い

この家には琥太郎様とわたくししかいないので、洗い物も二人分のみになってしまいます。

そして基本的に料理の作り置きもしないので、鍋《なべ》なども小さいものしか使いません。となると必然的に洗い物の量は少ないのでした。

わたくしとしては、大きな寸胴鍋《ずんどうなべ》で大量にカレーなどを作って大人数で食べてみたいのですが、なかなか実現しません。たくさん食べて、たくさん食器を洗って。そういう賑《にぎ》やかな風景を夢想したりもします。

ですが、琥太郎様と二人きりの生活で充分ラブラブなので、わたくしは今のままで幸せです。

それはさて置いて。

「綺麗《きれい》にするでありますー♪　綺麗にするでありますよー♪」

スポンジにお湯を含ませて、食器洗い用石鹼《せっけん》で泡立てます。市販の液体洗剤はどうしても界面活性剤の含有量が多く、手が荒れてしまうのです。

メイドロボがなにを、と言われるかもしれませんが、いつか琥太郎様に抱いていただく時のために、いつでも綺麗な身体のままでいたいのです。

食器を次々と洗い、お湯をためたプラスチック製の桶《おけ》に入れていきます。こうするとすぐ時に泡切れがよく、水道代も節約できるのでした。たかが少量、されど少量。一人一人が地球環境を気遣わなくてはいけません。

それにしても、琥太郎様はいつもご飯を残さず綺麗に食べてくださいます。おいしいと微笑《ほほえ》むあの方を見ていると、こう、胸が甘く締めつけられるようになるのです。

「……はっ！　考えようによっては今は新婚生活でありますな！　新婚生活でありますな！」

そう思うと食器を磨《みが》く腕にも力が入るわたくしでした。

MISSION.2　庭掃除

「ふむう、であります、であります」

庭先に出て、わたくしはうなりました。最近、庭仕事をしていなかったためか、ずいぶんと雑草が目立つようになっています。これはいけません。家の外とはいえ、家の敷地であれば、それは屋内と同義。ＥＭＡたるわたくしのテリトリーなのです。

「ふ……ふふふ、であります、であります」

内側から沸き起こる衝動を抑え切れず、不敵に笑うわたくしです。

「くくく……コタロー殿も知らない、戦闘用としてのベルの力を発揮する時が来たようでありますな、発揮する時が来たようでありますな」

わたくしは肩を震わせて昏《くら》く笑い、かたわらのＳＭ-０１多目的機動車両『メイドエクステンダー』のハンドルを掴みました。そして左のグリップを、おもむろに引き抜いたのです。同様に右のグリップも引き抜きます。

「ベルの仕事は泣けるでありますよ、泣けるでありますよ！」

左右のグリップを繋《つな》ぎ合わせます。

『AWAKENING』

機械音声がしたかと思うと、その両端からまばゆい光が発生しました。光はだんだんと輝きを収束させ、やがて両端に刃《やいば》を発生させました。形状はやや弧を描く、ちょうど鎌《かま》を思わせる意匠です。

それを両手で頭上に掲げ、プロペラのように回転させます。

「ベル専用芝《しば》刈りツール、『減る太&透ける太』であります、であります！」

びし、とポージング。

決まりました。

万雷《ばんらい》の拍手を送ってください、世の中の方々。

琥太郎様に見ていただけなかったのがなによりの心残りです。

「ベルは最初から序破急《じょはきゅう》で言うところの急でありますよ！　急でありますよ！」

むんずと雑草を摑みます。

芝刈りツールで刈ります。

むんずと雑草を摑みます。

芝刈りツールで刈ります。

摑みます。

刈ります。

摑みます。

刈ります。

そうして十分ほど黙々と刈った頃。

「……ミヤマ博士。これ、両刃《もろは》の意味がないであります、意味がないであります」

真理に達したわたくしでした。

MISSION.3　洗濯

「……切ないであります、切ないであります」

わたくしは洗濯機の槽《そう》の中を見て、やるせない気持ちになっていました。

そこには、普段の衣服に混ざるようにしてハイソックスやショーツ、ブラジャーが点在しています。わたくしのものではありません。これすべて、琥太郎様の下着なのです。

「まったくなんでありますか、このフリルつきのブラは！　実にけしからんであります、実にけしからんであります！」

しかもカップはどう見積もってもA以下。当然でしょう琥太郎様はれっきとした殿方なのですから、胸が膨らんでいるわけがありません。

「うう、こっちのパンツはリボンつきであります……どこに殿方のシムボルを収納する余裕があるでありますか、あるでありますか」

まるで理々様の下着を見ているようでした。

あの方も性格に似合わず少女趣味をお持ちですから。

琥太郎様を男の人として目覚めさせることを至上命題としているわたくしにとって、この洗濯槽の中身はあまりにむごい仕打ちでした。

わたくしもこれではいけないと、わざわざ男物の下着を買って琥太郎様のお部屋のタンスにこっそりと忍ばせてはいますが、次の日になると決まって、きちんと折り目よく畳んで返却されているのです。気づかないうちに徐々《じょじょ》に侵食させようという作戦ですが、一向に実を結ばないのが実情でした。

「むう……コタロー殿はガードが固すぎるであります。ペナルティエリア外のSGGK並みでありますな、SGGK並みでありますな」

肩を落としつつも、やるべきことはやらねばなりません。わたくしは炊事洗濯から夜伽《よとぎ》まで

万能のメイドロボなのですから。

気を取り直して、洗濯機を回すわたくしでした。

MISSION.4　散歩

このたびの仕事は、厳密に言えば深山《みやま》家には関係ありません。それは言ってみれば、わたくしの我がままということになりましょうか。幸い琥太郎様には許可をいただいていますので、日常の仕事に組み込んでいるのでした。

わたくしは玄関のドアに飛びついて、自重でノブをひねりつつ、チャージアップした超電メイドキックでドアを蹴《け》り開けました。

外は気持ちのよい晴れの天気です。暖かい日光に混じって小鳥のさえずりが聞こえてきます。

わたくしは必殺キックのメイドニングブラストでドアを閉めつつ、走り出しました。

向かう先は、お隣の宮内《みやうち》様宅。

「わん！」

足を踏み入れると、まず最初に白い塊のような影がお出迎えしてくれました。

「陛下、本日もご機嫌麗《うるわ》しゅうであります！　ご機嫌麗しゅうであります！」

宮内様のお宅の愛犬、グレート・ピレニーズのディアナ様でした。わたくしの姿を見るなり、立ち上がって尻尾《しっぽ》をぱたぱたと振っています。とてもかわいらしいです。

「わふわふ」

わたくしが近づくと、ディアナ様は鼻先をすり寄せてくるのです。頭をなでて差し上げると、気持ちよさそうに目を細めます。

「あらあら。ディアナが騒ぐと思ったら、やっぱりベルテインさんだったのね」

と、宮内様のお宅の方から、ドアの開く音がしました。そちらを向くと、そこには理々様のお母様が立っておられます。相変わらず柔和《にゅうわ》な微笑みをたたえた方でした。こう言っては失礼かもしれませんが、理々様はこの方にあまり似ていらっしゃらないようです。

「リリ嬢の母上、ご機嫌麗しゅうであります！　ご機嫌麗しゅうであります！」

「ええ、こんにちわ。どうしたのかしら？」

「陛下をお貸し願いたいであります！　お貸し願いたいであります！」

「あら。ふふ、またディアナを散歩に連れて行ってくれるのかしら？」

「であります！　であります！」

そうです。わたくしの日課になりつつある仕事とは、ディアナ様を散歩に連れて行くことなのでした。

「そうね。私も一緒に行くわ」

「リリ嬢の母上のお手を煩《わずら》わせることはないであります、煩わせることはないであります」

「ベルテインさんだけにお任せするのも申し訳ないいし、それに私もたまにはベルテインさんとお出かけしたいしね」

「はぅ……胸キュンでありますな！　胸キュンでありますな！」

本当に、この方は同性のわたくしから見ても魅力的な女性です。セクスドフォームにおいてもなお、目標となるべき方でした。

「それじゃ、行きましょうか」

「了解であります。陛下！　合体であります、合体であります！」

「わおーん！」

わたくしは裂帛《れっぱく》の気合と共に、ディアナ様のふかふかの背中にひらりと飛び乗りました。EMA-01の高機動形態、通称プラン303Eです。

「ディアナも適度なウェイトがあると、いい運動になっていいわね」

「べ、ベルはそんなに重くないであります！　そんなに重くないであります！」

「あらあら」

口元に手を当てて、ころころと笑う理々様のお母様です。

まったく、この方には敵《かな》いません。

「陛下……ベルはスマートでありますな？　スマートでありますな？」

「くぅん……」

なぜかディアナ様は露骨に目を逸《そ》らしてしまいます。

形容しがたい敗北感に苛《さいな》まれたわたくしでした。

BONUS MISSION　部屋掃除

家事も一通り終わりました。

ここからは、わたくしの時間です。

「役得でありますな、役得でありますな」

ほくそ笑むわたくしがいるのは、愛《いと》しい琥太郎様の自室です。幸い琥太郎様は学校で勉学に勤《いそ》しんでおられるので、思う存分ここを掃除することができるのでした。

それにしても。

「はぅ……コタロー殿の匂《にお》いでいっぱいであります、いっぱいであります」

わたくしの大好きな、春の日差しのような匂い。それがこの部屋には満ちていました。琥太郎様に抱きしめていただいた時の心地《ここち》よい感触がありありとよみがえってきます。

わたくしはおもむろに琥太郎様のベッドに寝転がりました。

「至福のひと時でありますー……至福のひと時でありますー……」

このベッドであの方に抱かれたら、どんなに幸せなことでしょうか。あの方の胸の中、耳元で愛を囁《ささや》かれたら。そう思うだけで、わたくしは天にも昇《のぼ》る気持ちになれるのです。

と。

ふと、わたくしは思い立ちました。

「……ふ、ふふふ。これはチャンスであります、チャンスであります」

そう、琥太郎様はしばらくはお帰りにはならないのです。であれば、掃除という大義名分であんなことやそんなことを実行に移すことも可能なのでした。

「男子たるもの、いかがわしい本の一冊二冊、隠し持っているものであります。それが男の甲斐性《かいしょう》というものでありますよ、甲斐性というものでありますよ」

むしろ持っていてくださらないとわたくしが困ってしまいます。琥太郎様も曲がりなりにも思春期の少年なのですから。

「どこに隠していようが、ベルの鷹の目《ホークアイ》をもってすれば、全部すべて、まるっとスリっとゴリっとエブリシングお見通しであります、お見通しであります」

思春期の男子がいかがわしい本を隠す場所と言えば。

わたくしはベッドの枕《まくら》を持ち上げました。

「……外れでありますな、外れでありますな」

次いで、敷き布団をめくります。

が、裏にもありませんでした。

しからば、とベッドの下の隙間《すきま》をのぞき込みました。

やはりそこにはなにもありません。都市伝説のように誰《だれ》かが潜んでいるということもありませんでした。いえ、あったらあったでとても困るのですが。

となると、本棚。

手前の本は恐らくダミー、隠すとしたらその奥でしょう。

本棚によじ登りながら、目を光らせます。

「……しょぼーんであります、であります」

おかしいです。いったい琥太郎様はどこにその手の本を隠し持っておられるのでしょうか。まさか、お持ちではないのでしょうか。いえ、それでは昂《たか》ぶった時にどうやって処理をされるのでしょうか。わたくしを使ってすらいないのに。

「うーむむ……む？」

ふと、わたくしの鷹の目がとある一点に集中しました。

そこは、琥太郎様の机の上です。先ほどまでは気づきませんでしたが、本らしきものが何冊か積まれていました。机の上に本が置かれていても別段おかしいことはないのですが、この時のわたくしにはなぜかそれが気になったのです。

衝動に突き動かされるまま、わたくしは椅子《いす》に飛び乗り、そこから机の上までジャンプしました。

「文庫……でありますな……こ、これは、であります！　であります！」

積まれている文庫の表紙を見て、わたくしは驚愕《きょうがく》に目を見開きました。それはいわゆるティーンズ文庫というもので、表紙にコミックのような絵が描かれている小説のようでした。問題はそのイラストです。

それは少年二人が裸で絡み合って、バックに花を背負っている絵でした。

「これはまさか、世に言うボーイズラブでありますか！　ボーイズラブでありますか！」

ボーイズラブ。それはホモという負のイメージを持つ言葉を取り繕うために、勝手に作られた単語でした。少年愛とも訳されます。簡単に言えば殿方と殿方が組んず解《ほぐ》れつするお話です。

「こ、コタロー殿がこのようないかがわしい……『そう……そのまま飲み込んで。僕の150ガーベラ……』？　言葉の意味はよくわからんでありますが、とにかくすごい自信でありますな！　すごい自信でありますな！」

文庫の帯の煽《あお》り文句を読んで、思わず感嘆してしまいます。こういうフレーズを考えつく人はある意味天才なのでしょう。

しかし、これはいただけません。

いかがわしい本がないのは、まあ納得できましょう。しかし正反対のベクトルにいかがわしい本を琥太郎様がお持ちなのは、非常に問題があります。

このようなボーイズラブは一部の女性に熱狂的なファンがいるらしいことは耳にしています。ですが、仮に百歩譲って琥太郎様の女装を容認したとしても、その嗜好《しこう》まで一部の女性に染まるということは、いやそのりくつはおかしい。

女子として男子に興味を持つだけでは飽き足らず、男子×男子にまで興味を拡大させてしまうのは非生産的です。

「いかんでありますよ、大変いかんでありますよ！」

わたくしは頭を抱えました。

このまま琥太郎様が誤った方向へ邁進《まいしん》するのは、看過できかねます。それはわたくしをここへ送り出してくださった深山博士の本意でもないでしょう。

で、あれば。

わたくしの本来の任務を遂行せねばなりません。

「むむ……ここはやはり、ベルが女の魅力というものをコタロー殿に叩《たた》き込まねばならんであります、叩き込まねばならんであります！」

幸い、一晩はキャストアウェイ状態を維持できるほどのゲージがありました。今晩は琥太郎様を寝かせるわけには参りません。セクスドフォームの持てるテクニックをすべて注ぎ込んで、琥太郎様の殿方の部分を呼び起こさねばならないのです。

「……はっ！　そうと決まれば、精のつくものを買い込んでくるであります！　うなぎに山芋《やまいも》に亜鉛錠剤にビール酵母でありますよ、ありますよ！」

善は急げと申します。

すべては琥太郎様を真人間に戻すため。

わたくしは来たるべき濃密な夜を思い、心を滾《たぎ》らせるのでした。

もちろん、性的な意味で。

◇◆◇◆◇

「琥太郎。今日はこの『全角アスタリスク～愛、おぼれてますか～』を貸してあげるわ。ソフトな絵柄で描写はハードよ」

「……いや局長、たくさん貸してもらってなんですけど、まったく読まないから積んであるんですよ。そろそろまとめて返していいですか」

「ダメよ、ちゃんと読んで感想文提出しなさい」

「そんな横暴な……うっ」

「う？　どうしたの、琥太郎」

「いえ、なんだか悪寒が」

「なに、風邪《かぜ》？」

「……ベルさん、なにかやってるのかな」

「は？」

24. アミューズメント・コンチェルト。

理々《りり》と耕平《こうへい》、わたし。三人で下校する。最近は耕平が美術部だったり、わたしが図書局だったり、理々が意味もなく失踪《しっそう》したりでなかなか足並みが揃《そろ》わないけれど、タイミングが合う時はいつも一緒に帰っていた。幼稚園から延々と続いてきた、わたしたちのスタイルだ。

三人で並んで歩く時、わたしが真ん中になって両脇《わき》を二人が固めるという陣形になる。なんでも自分で物事を進めたがる理々の性格から言って、真ん中を占拠しそうに思うのだが、こういう時だけ理々は大人しい。

なぜかと考えたが、これは恐らく小さい頃《ころ》にいじめられていたわたしを、二人が守るようにしていたために形成されたポジションではないか。そう気づいたのが中学生の、ちょうど理々のおばさんから空手を習い始めた時のことだ。

稽古《けいこ》のおかげでわたしも人並みに腕っ節が強くなって、例えば週一で絡んでくる不良を撃退することもできるようになったけれど、それでもこの陣形は乱れてはくれないらしい。二人は過保護なんじゃないかと、最近思い始めている。

でも、昔はわたしを守ってくれた二人だし、返しきれないほどの恩があるので、黙って従うことにしている。面と向かって口には出せないが、この二人はずっと大好きだ。

そんな幼なじみだった。

「ん？　どしたのよ、耕平」

あれこれ考えながらぼんやり歩いていると、不意に理々の声に意識が引っぱられる。見ると、耕平は進路上のとある一点に視線を注いでいた。それを追ってみると、その先には一軒の店が。

「いや、そう言えば新作がそろそろかなと」

それはゲームセンターだった。昔からこの町に建っていながらも、根強く残って新作もちゃんと入荷して賑《にぎ》わっている店だ。

「行きたい？　行こっか？」

耕平に聞いてみる。

「いや、別に付き合ってくれなくともいいよ。一人で行くし」

「いいよ、わたしも行くよ」

久しぶりに店内を見回るのも悪くない。

「制服で寄るのはあんまよくないけど……まあ、たまにはいいわよね」

理々も結構乗り気のようだった。そもそも理々は耕平以上のゲーマーなので、こういう場所には一番適応する子なのだ。

「悪い。じゃ、ちょっとだけ」

なんだかいけないことをしているみたいで、ちょっぴりスリルがある。いや、実際に決して褒《ほ》められたことではないけれど。

というわけで耕平に付き合って、三人でゲームセンターへ。

自動ドアをくぐって中に入ると、そこはまさに別世界だった。比較的閑静な住宅街に分類されるこの町だけれど、この店内だけはまるで近未来のような雰囲気がする。ＳＦの映画を見ているようだ。

ゲームセンターと言えば、汚かったり薄暗かったり不良の溜《たま》り場《ば》というマイナスイメージが付き物だし、実際にそういう店も多いだろう。

だけど、ここはそれに当てはまらなかった。蛍光灯《けいこうとう》の光も健康的な白だし、陽光を取り入れる窓も店内を囲むように設置されている。清掃も行き届いていて、決して負の印象はない。

シールプリントの筐体《きょうたい》もあるので、女性客、とりわけ学生も多い。実際、今だってちらほらとセーラー服姿が目についた。

結構、帰り道に寄るいけない子たちが多いようだ。わたしたちが言えたことではないが。

「お、これだ」

耕平が目的のものを見つけたらしい。新作なだけあって、店内に入って一番目立つところに置かれているようだ。筐体の周《まわ》りにもＰＯＰが立ってたり両替機が置いてあったり、お金を落としてもらう工夫に満ちている。

どうやら耕平のお目当ては対戦型格闘ゲームのようだ。画面の中ではキャラクターが常時二人、一時的には四人もところ狭しと動き回っている。

「あたしもやるわよ。耕平、座んなさいよ」

うまい具合に対戦台が空いていた。耕平が1P側に座って、理々が裏の2P側に回る。そして必然的にあぶれるわたし。

ゲーマーな理々や耕平と違って、わたしは格闘ゲームが得意じゃない、むしろ苦手。ゲームはのんびり落ち着いてやるものだと思っているので、リアルタイムで状況が変化するシューティングやアクションなんかは、とてもじゃないけれど適応できない。特にアクションは、自分の背より高いところから降りると死ぬような不条理があるので敬遠していた。

「んー。わたし、そこらへん見て回ってるね」

「おー」

「逃げんじゃないわよ」

いや、なにからですか理々さん。

対戦に熱中している二人から離れて、わたしは店内をなんとはなしに散歩した。最近のゲーム事情はわからないので、目につくものすべてが新作に見える。

しかし、いくらこの店が清潔感あふれるとはいえ、この店内の騒音まではどうしようもない。内の音が外に漏れるのを防ぐならともかく、内の音自体を消すことなどできないのだ。

ピキューンピキューン。

ガシャコンガシャコン。

テーレッテー。

いろいろな音がない交ぜになって、鼓膜を激しく震わせる。

「ん」

そんな中で、ぬいぐるみのクレーンゲームの筐体が目についた。ガラスの奥にはファンシーな世界が広がっている。秒間六〇フレームで画面が動いている他の筐体と違って、こういう光景を見ているとなんだか落ち着いてくる。

見ると、このクレーンゲームはベジタブルシリーズという名前がついていた。なるほど、ガラスの奥に山と積まれているぬいぐるみは、すべて野菜を模している。人参があったり、白菜があったり、トマトがあったり。

待てよ。

ということは。

ぬいぐるみ群に目を光らせてみる。

「……あったよ、嘘《うそ》みたい」

やや楕円形《だえんけい》の円柱のようなフォルム。色は茶色がかった白。底の部分に、穴が八つほど。

それは目を疑うまでもなく、レンコンのぬいぐるみだった。

「いいなぁ、あれ欲しいな」

ベルさんにプレゼントしてあげたい。

しかし、取れるだろうか。見た限り、スイカが上に乗っかっていて、両脇を大根とかぼちゃで固められている。わたしの腕ではとても取れそうにない。

理々か耕平に、と思ったが、二人ともこの手のゲームは専門外だった。ぬいぐるみを欲しがるような二人じゃないから、プレイする機会がないのも当然だ。

と――

不意に背中に、ぽふ、と軽い衝撃。

「あ、サーセン」

人の気配と声。歩いている人に身体《からだ》がぶつかったらしい。ここは狭い通路だから、ままあることなのだろう。

「あ、いえ、大丈夫です」

振り向いて、愛想笑いを――

「って、てめぇ！」

する前に、怒鳴りかけられた。

むしろ被害者はわたしなのに。

なにごとかと思ってその人を見てみると。

「え、先輩？」

わたしを目の敵《かたき》にしている不良グループの、リーダー格の上級生だった。今日も元気に金髪、耳ピアス。ステレオタイプの問題児だ。

「てめぇがなんでここに」

「なんで、って。友達の付き合いですけど。先輩こそ、ってひょっとして、ここでもバイトしてるんですか？」

「ちげぇよ！　ちっと寄っただけだ！」

「下校中の寄り道はいけないんですよ。しかもゲームセンターなんて」

「てめぇもだろうが！」

ドン、と先輩はわたしの後ろのクレーンゲームを殴りつけた。

「お客様、筐体を揺らすのはご遠慮ください」

「あ、サーセン。ほんとサーセン」

店員さんに怒られていた。

実に腰の低い不良だった。

しかし先輩の言う通り、わたしも下校中にゲームセンターに寄り道など褒《ほ》められた立場ではない。お世辞にも真面目《まじめ》な学生とは言えないようだ。

と、ふと気づく。

「あれ、いつも一緒の先輩がたは今日はいないんですね」

見たところ、このリーダー一人のようだった。いつもはパンチパーマの人がいたり、リーゼントの人がいたり、わたしが粗相《そそう》をしてしまった留学生さんが取り巻いているのだけれど。

「……あいつらは、今日は掃除当番と委員会だ」

「……結構ちゃんとしてるんですね」

不良なら全部スルーして勝手に帰ってしまいそうだけれど、違うらしい。しかも掃除当番ならまだしも、任意参加の委員会にまで入るというのはどういうヤンキーだろう。

「まあいい。ここで会ったが百年目だ。今考えた俺《おれ》の必殺技を」

「披露していいんですか？　ここで？　一人で？　お仲間もいないのに？」

「………………」

先輩はじっと黙っている。

それはそうだろう。今まで複数人でもわたしに叩きのめされていたのに、たった一人で勝てるわけがない。おまけにここで騒動を起こせば一発でつまみ出されて、学校にも通報されるだろう。最悪、警察のご厄介《やっかい》になる可能性も捨てきれない。

「やります？」

握り拳《こぶし》を作って、見せてみる。

「……あー。ところで、てめぇなにやってんだここで」

露骨に話を逸《そ》らした。案外、根性のないリーダーだった。

「別に、なにってわけじゃないんですけど」

そうだ、先輩の登場で一時的に意識がそっちに向いたが、わたしは少し悩んでいたのだった。

改めて、クレーンゲームのガラスケースの中を眺める。先輩のストレートで揺れた筐体だけれど、ぬいぐるみの配置は悲しいほどに変わっていなかった。少し期待していたのだけれど。

「あん？　ぬいぐるみぃ？」

先輩も筐体をのぞき込む。

「ええ。取れないかなぁって」

「んだよ。どれだよ」

「ほら、あそこに埋もれてるレンコンの」

指差したところで、我に返る。わたしはなにを話しているのだろう。しかも、いつもわたしに因縁《いんねん》を吹っかけてくるたちの悪い上級生に。

ふう、とため息をつきつつ、ケースの中を見る。やはり無理だろうか。こういう類《たぐい》のゲームは簡単に取れないからお金が回収できるわけであって、素人《しろうと》が軽々に手を出すものではないのだろう。ワンプレイ二百円だし。

あきらめないといけない、か。

と。

先ほどから先輩が黙っているような気がする。いつもは公害なくらい声を張り上げて威嚇《いかく》する人なのに。気になって先輩をうかがってみると、彼はじっとガラスケースの中を見たまま、静止している。焦点が定まっているのかいないのかわからないような瞳《ひとみ》で、ある一点ではなく全体を等しく見ているようだった。

「――把握した」

「ふぇ？」

ぽつり、と先輩が言葉を漏らした。それが意味のある単語なのかどうかが判断できずに、わたしは間の抜けた声を出してしまう。

そんなわたしを尻目《しりめ》に、先輩は財布から百円玉を二つ出して、筐体に投入した。電飾が光り、ポップなＢＧＭと共にアームが起動する。

先輩が素早くアームの移動ボタンを押した。まずは横移動。次いで、縦移動のボタンに指を滑らす。最後は、アームの角度調節ボタン。そこまで終わると、アームは自動的に爪《つめ》を開いて、降下を始めた。

その先には――わたしが求めていた、レンコンのぬいぐるみが。

アームがレンコンのボディを摑《つか》む。

「あっ」

しかし材質が材質なのか、アームの爪はレンコンの表面を滑るようにして外れてしまった。

ダメ、だったか。

そう思った瞬間だった。

「あれ⁉」

思わず声を上げてしまった。

外れたと思ったアームが、上に戻っていく。なんと、一緒にレンコンまでついてきた。アームに摑まれているわけでもないのに、まるで浮いているように、アームの動きに追随している。

よく見ると、爪のところにプラスチックの紐《ひも》のようなものが引っかかっていた。商品管理のタグの名残《なごり》だろうか。どうもその輪の中に爪が通って、持ち上げられていたらしい。

商品の回収口の上で、アームの爪が開かれる。

すとん、とレンコンがそこに落ちていった。

呆然《あぜん》としているわたしをよそに、先輩は筐体下の取り出し口からレンコンのぬいぐるみを引っぱり出した。

そのまま、ぶっきらぼうにこちらに投げてくる。反射的に、両手を出して受け止めるわたし。

「え？　あ、え？」

「いらねえよ、そんなもん」

先輩が吐き捨てるように言った。

「え、でも、これ」

「だっせぇ景品だ。二百円損した」

極めて不機嫌そうに頭をかいて、先輩はわたしに背を向け、歩き出した。

「ちょ、先輩！　これ！」

「そんなもんあっても使えねえ。そこらに捨てとけ」

こちらを見もしないで、先輩は一人で歩いて行ってしまった。その背中が小さくなって、やがて自動ドアの向こうに消えていく。

「……ひょっとして、取ってくれた、の？」

あとに残ったのは、電子音の洪水の中で棒立ちしている、レンコンのぬいぐるみを抱えたわたしだけだった。

◇◆◇◆◇

「ただいま」

なんだかもやもやしたまま耕平と理々と別れて、帰宅した。

「お帰りであります！　お帰りであります！」

元気いっぱいのベルさんが、今日もお迎えをしてくれる。

「はい、ベルさん。これ、あげるよ」

レンコンのぬいぐるみをベルさんに渡した。先輩は捨てておけとは言ったものの、本当に捨てるつもりだったのか、わたしのために取ってくれたのかはわからない。でも、正直せっかく取ったものを捨てるのは地球にも優しくないので持ち帰ったのだ。

「む？　なんでありますか、なんでありますか」

「レンコンのぬいぐるみだって」

そう教えてあげると、ベルさんは両手いっぱいに抱えたぬいぐるみをじっと注視した。

「……ベルさん？」

わたしの言葉も聞こえないといった様子で、やや虚《うつ》ろな瞳でただただレンコンのぬいぐるみを見つめている。

見つめている。

見つめている。

見つめて、

かぷ。

いや、食べるな食べるな。

「この味から察するに、材質はアクリル、ポリエステル、綿でありますな、ありますな！」

「味でわかるの⁉」

また一つ、ベルさんの無意味に隠された機能を発見した一日だった。

◇◆◇◆◇

翌日、校舎裏。

「はっ！　一年坊主《ぼうず》よぉ、今日はちょっとどころじゃなく痛い目見てもらうぜぇ。おら、野郎ども！　アークインパルスだ！」

「あ、先輩。昨日のぬいぐるみ、捨てておけって言われたけど、もったいないからもらっちゃいました。二百円、お返ししますね」

「……兄貴？」

「……Leader？」

「ちょ、ま、お前ら！　俺の目を見ろ、あいつの魔眼に惑わされんじゃねえ！」

25. 耕平のスタイル。

幸か不幸か。三人の中では俺が一番最初に生まれてしまった。それに遅れること、四カ月ほどで理々と琥太郎《こたろう》が生まれたらしい。

それ自体に意味はない。だが、生まれた先の環境が問題だった。

うちの母親は琥太郎と理々の母親の後輩らしい。しかも直接の交流があるというのだから、その子供の俺たち三人が行動を共にする理由には充分すぎた。

俺、琥太郎、理々。理々は一応女の子だし、琥太郎は当時から気弱で小柄。一番早く生まれたのもあってか、必然的に兄貴分というお鉢《はち》はこちらに回ってくることになる。

別にそれが悪いわけじゃない。三人が三人とも兄弟がいなかったし、それに憧《あこが》れてもいた。

事実、理々なんかは弟が欲しいだの兄が欲しいだの言って母親を苦笑させていたらしい。

そんなわけで、三人の役割はだいたいがこんなところ。

上から俺、長男。

理々、長女。

一番下が琥太郎、次男。兼、次女。

実際、今までよくやってきていると思う。

琥太郎などは理々や俺にべったりだし、三人でもっとも我が強い理々も、要所要所では俺を頼る場面もある。弟分、妹分の面倒はちゃんと見れているはずだ。

でも、まだ足りないんじゃないかと思う時もある。

特に琥太郎は、もっと支えてやらなければならないのではないか、と。

◇◆◇◆◇

「はぁ。それじゃ、ちょっと行ってくるね」

「ご苦労さん」

「さっさと片づけてくんのよ、それまで食べられないんだから」

「うう、ごめんなさい」

肩をがっくりと落として、琥太郎は力なく三つ編みを揺らしながら教室から出ていった。例の不良グループに呼び出されたのだ。

最初の頃《ころ》こそ助太刀《すけだち》を問うていたが、琥太郎一人で楽勝らしいので、今では一週間に一回の厄介なイベントでしかない。不良連中も手を代え品を代え琥太郎を迎え撃っているようだが、琥太郎に聞くと冗談でしかないようだ。

多分、あれは不良どもなりのスキンシップなのだと思う。そうでなければ、毎回毎回どこかしらに怪我《けが》を負うようなことをウィークリーで続けられるわけがない。スポーツで負った傷は勲章になる、そんな感じなのだろう。

　不器用極まりないが。

「ねえ、耕平」

　もう一人、不器用の塊《かたまり》が話しかけてきた。机に頬杖《ほおづえ》を突いて、琥太郎が消えたドアを仏頂面で眺めている。

「なんだ、どした」

「ころ太、強くなったわよね」

「うん」

「地区大会くらいは優勝できるわよね」

「というか、したな」

　無意味に鍛えている理々ほどではないが、琥太郎も腕っ節は強い。線は細くとも、恐らく普通に生きてきた男子高校生よりは強いだろう。

　それを証明するように、中学生の時にたまたま助っ人に入った空手部の地区大会で、琥太郎は団体戦で正規の部員を差し置いて複数人抜きをして優勝に貢献してしまったことがある。

　ここら辺の中学は空手部が少ないことや、あってもそれほど盛んではないこともあって、地区大会のレベル自体はお世辞にも高くはない。だが、必ずしも低くはないのだ。何校もの生徒の中から頂点に立てるのは、それだけですごいことだった。

地区があれば本大会もあるわけだが、琥太郎は丁重に辞退している。曰《いわ》く、目立つから嫌だとか。実に琥太郎らしい理由ではあった。

「強くなったのはいいんだけど、こう、寂しくない？」

「なにがだ、なにが」

「うーん。手がかからなくなったっていうか、昔みたいにあたしたちの背中に隠れなくなったっていうか」

「いや、今でも俺の後ろには隠れてるけど」

「そりゃ着替えの時でしょが」

理々の気持ちもわからなくはない。

小さい頃の琥太郎は、そのなりから常に弱い者いじめの標的にされてきた。そんな時に、いつも背中にかばっていじめっ子を撃退してきたのが俺と理々なのだ。

そういうこともあって、当時の琥太郎は甘えが強かった。俺も理々も、下の兄弟としての琥太郎がかわいくて、ついつい甘えさせてしまったものだ。

「ただ強くなるのはいいんだけど、あの趣味はねぇ」

「……ん、まぁ」

琥太郎に関して、いつも槍玉《やりだま》に上げられる問題。

それが琥太郎の女装癖だった。

本人に話を聞いてみる限り、事態はそこまで深刻ではない。性同一性障害だとかの病状ではなく、あくまで本人の嗜好《しこう》に留《とど》まっているようだ。

「かわいいかわいい言われて、その気になって。あんのバカ」

「だからって、強く言えないしな。一番近いところで連呼してたの、俺たちだし」

ふう、と理々のため息。

しかし琥太郎の、そしてある意味では理々の最大の不幸は、琥太郎がかわいいままで第二次性徴を終えてしまったことだ。つまりこのまま琥太郎は女声、女顔、体型も一部を除いて女のまま。しかも中途半端ではない美人だから、それは琥太郎もその気になってしまうだろう。

なにもこのままでいいとは思わない。もしかして俺と理々は、本来の琥太郎があるべき未来を歪《ゆが》めてしまったのかもしれない。

そう考えると、やはり責任は俺たちにあるのだ。

「だから男に戻そうってんじゃないのよ。あんたは違うの？」

責任に対するアプローチは、理々と俺とでは違う。理々は、歪めてしまったのなら正せばいいという理屈。あの手この手、主に実力行使で男に戻そうとする。

「そりゃ、戻るなら戻った方がいいとは思うさ。けどな」

「けど、なによ」

「そんなんで戻るならもっと早く戻ってるだろ?」

「う、ぐ……じゃあ、あんたは今のままでいいっての」

「強制的に男に更生させても、多分どっかで限界が来るだろうし。それよりかは、今のままの方が琥太郎にとっては幸せなんじゃないか」

理々の考えは、琥太郎がちゃんとした男になれば自分にとっても都合がいいから。要するに、自分と琥太郎の幸せを同列に扱っている。それは悪いことじゃないし、真っ当な望みだ。

だけど俺は、琥太郎が今したいこと、今していることを極力応援してやりたい。女装も、まあ、一般的な趣味ではないが、認めてやりたい。いつか琥太郎に好きな奴《やつ》ができた時、それが女であれ男であれ、背中を押してやりたい。

それはひょっとして俺たちが決定的に方向を変えてしまった琥太郎の人生に対して、俺ができるせめてもの償《つぐな》いだ。

いや、償いとはちょっと違うだろう。

なんだかんだで、俺は琥太郎が好きだから、あいつを支えてやりたいのだ。

我ながら、高校生の時から大それたことを考えていると思う。でも、そのくらいの意気込みは持っていたい。

「はぁぁ。ままならねーわね」

「そんなもんさ」

そう。

理々とこの手の話を何百回としてきているが、結局いつも最後はそんなもんなのだった。

「たーだいまー」

そして結論が出る頃に琥太郎が帰ってくるのも、いつものパターンだった。

「早かったじゃないの」

「うん、なんか今日は留学生さんがいなかったから」

「そりゃよかった。んじゃ、さっさと食べようか」

俺《おれ》の言葉に二人は頷《うなず》いて、銘々の弁当箱を出す。琥太郎は水玉のナプキン、そして理々は花柄のナプキンだ。

そして俺は。

「あれ。こーへー、今日はパン?」

琥太郎が俺の出したサンドイッチを見て言った。俺を呼ぶ時の舌っ足らずな発音だけは、昔からずっとこのまま治らない。

「あんた、お弁当は?」

「あー。母さん、昨日の夜からいないんだ」

「また? おばさん、突発的にいなくなるわよね。なにやってんの」

「いや、俺にもわからないんだ」

我が家の母親は理々の言う通り、突発的にいなくなる。どこでなにをやっているのかは息子の俺にもわからないが、帰ってくる時は決まって大量の土産物《みやげもの》を抱えていたりする。とはいえ、単純に旅行というわけでもなさそうなのだが。

「こーへーのお母さん、いつまで?」

「明日の朝には帰ってくるとは言ってたけど」

「じゃあ、晩ご飯はどうするの?」

「どっかに出かけようかと思ってるけど」

「そうなんだ……」

母親がいないと、食事は大抵出来合いのものか外食。料理ができたらいいとは思うのだが、残念ながら俺にはその手のスキルはない。

「ほら、卵焼きあげるわよ」

理々が爪楊枝《つまようじ》を卵焼きに刺して、サンドイッチの包みに置いた。

「あ、わたしもエビフライあげるね」

追うようにして、琥太郎も大好物らしいエビフライを一尾、理々の卵焼きの横に置いた。以前、弁当を分けてやった時のお返しという意味だろうか。

「んー。ありがと」

ありがたく頂戴し、口の中に放《ほう》り込む。

さすが理々のおばさんとベルさん。卵焼きはほどよい半熟で、ネギとしらすが混ぜ込んである。エビフライも出来合いのものではなく、ちゃんと一から衣を付けて揚げたものだろう。

「そうだ、いいこと考えたよ」

突然、ぽん、と琥太郎が手の平を打った。

「あによ、どしたの」

「こーへー、おばさんいないんだよね？　で、晩ご飯も外食と」

「ん、まあ」

「それじゃ、わたしがご飯作ってあげるよ」

また妙なことを言い出した。たまに琥太郎は突発的に変な提案を始める。この前も、バケツプリン作ったから食べに来てとか言うし。もっとも、あれの元凶はベルさんなのだが。

「いや、別に外に行っても困らないぞ」

「えー。外食だと栄養偏《かたよ》るよ。昼もそれなんだし、夜はちゃんとしたもの食べようよ」

琥太郎は大変乗り気のようだ。母親から食費はもらっているので外食でもまったく問題はないのだが、琥太郎はそれが気に入らないらしい。

「まあ、琥太郎がそうしたいなら」

「うん、決まりー。じゃあ帰りにスーパー寄ろうね」

こちらとしても、作っていただけるなら拒《こば》む理由はありません。経済観念がしっかりしている琥太郎ならば、恐らく外食よりも安く済むだろうし。

ふと、理々を見る。

こめかみに筋を浮かべて、露骨に不機嫌そうだった。相変わらず琥太郎の女らしい面に接すると、目に見えていらだつ奴だった。無理もない、本職の理々よりも確実に琥太郎の方が女の子らしいのだから。

あ、握りしめている箸《はし》が折れそうだ。

仕方ない、か。

「理々も一緒に作ってくれるそうだぞ」

琥太郎に確定事項のように伝えてみる。

「へ？　あんた、なにを突然」

予想通りの答えを返してくる理々に、そっと耳打ちする。

「この際、琥太郎にいろいろ教えてもらえばいいじゃないか。誰《だれ》にも邪魔されないで、二人になれるだろ？」

「あ……」

俺の言葉の真意を理解したらしい。危うく箸を落としそうになる理々に、しっかりと手に持たせてやる。

「理々も作る？」

「……ふん。しゃーないわね、付き合ったげるわよ。その代わり、あたしも食べるわよ」

「うん、みんなで食べようよ」

琥太郎から顔を逸《そ》らすようにして、理々は憮然《ぶぜん》とした表情を作って自分の弁当をかき込み始める。まったく、お膳立《ぜんだ》てするのも楽ではない。

琥太郎が大事なのは確かだが、それは理々だって同じだ。俺としては、この二人がくっつけば一番いいと思うのだが、残念ながら琥太郎は理々にそういう特別な感情を抱いてはいないらしい。というよりも、生まれてから今まで琥太郎にその手の感情が芽生えたことがあるのかが怪しい。ライクはあるだろうが、ラブにまで発展したことはないのではないだろうか。

なかなかどうして、理々も報われないものだった。

◇◆◇◆◇

いつしか学校は終わり、帰宅。

ソファーに座りながら、夕刊を読む。

「ああっ！　理々、それ酢だよ酢！」

「へ？　うわ、すっぱ！」

夕刊を読む。

「うう……カレーにしようと思ったのに、これじゃ酢豚《すぶた》だよ」

「う、ううっさいわね！　この際だからなんでもぶち込めばいいのよ！」

夕刊を読む。

「……ねえ、理々。これ、なに」

「……豚肉と野菜のごった煮・甘酢あんかけちゃんこ鍋《なべ》シチューって感じでいいんじゃない」

「……わたし、紫色の汁って初めて見たよ」

夕刊を……

読んでいていいのだろうか。とてつもなく不安だ。考えてみれば、理々に料理なんて作れるわけがなかった。刃物の扱いだけはなぜか異常にうまいものの、味つけその他の肝心要《かなめ》の部分はさっぱりなのが理々だ。

キッチンの様子を見に行った方がいいのだろうか。しかし、理々に二人っきりにさせてやると言った手前、邪魔するのも悪いと思うし。

だが実際問題、俺の食糧事情がかかっているわけで。

しばらく逡巡《しゅんじゅん》した後、俺は黙認することにした。俺に夕飯を作るという琥太郎の望み、そして琥太郎と一緒に料理したいという理々の望み。その二つと俺の都合を天秤《てんびん》にかければ、まあ俺が我慢する方がいいだろう。

ここは男の度量を見せるとして、夕刊のクロスワードパズルに没頭していた。

◇◆◇◆◇

「……なぜだ」

食卓に並んだものを見つめる。

「……なんでだろうね」

琥太郎も、肩を落としたまま呟《つぶや》いた。

食卓の上には、湯気をくゆらせたシチュー。その色は、ちゃんと白い。他には色彩豊かなグリーンサラダに、焼いたフランスパン。ごく普通の、なかなか立派な夕食だった。

「さ、食べましょ」

どうしたわけか上機嫌の理々が、パンにバターを塗っている。

「なあ、琥太郎」

「なに」

「さっき、紫色がどうとか、酢がどうとかって」

「うん」

「それが、これなのか?」

「それが、わたしにもよくわかんないの」

「わからない？」

「うん……気がついたら、ホワイトシチューになってたから」

「作り直したんじゃ」

「いや、それはないんじゃないかな……捨てた形跡とかないし」

そのまま、琥太郎が押し黙ってしまった。

「我ながらよくできたわ……ほら、耕平。感謝しなさいよ」

「あ、ああ」

恐る恐る、シチューを口に運んでみる。

普通だ。

少なくとも酢がどうとか、豚肉と野菜のごった煮や甘酢あんかけがどうとかじゃない。至極真っ当なシチューだった。

え、なに、理々の料理って物質の原子配列を変換させることなのか。

錬金術師？

「こら、ころ太も食べなさいよ」

「うう……わたし、自信なくしたかも」

確かにその気持ちはよくわかる。失敗作と断じた物体がここまでトランスフォームすれば、そりゃ普通に作った料理の立つ瀬がないだろう。

「まあ、でも。二人とも、ありがとな」

不安はあったものの、結果的にまともな食事にありつけたのはありがたいことだった。

「うん……今度はちゃんと作るからね」

「あんた、これがちゃんとしてないとでも」

「そ、そうじゃなくて……」

「いや、いいよ。そんなに頻繁《ひんぱん》に作ってもらっても、その、申し訳ない」

「あ。ダメだよ、こーへー。そういうの」

「は？」

びし、と琥太郎がこちらを指差した。琥太郎にしては珍しく強い語気だった。

「なんかさ、こーへーって変に遠慮する時あるよね」

「遠慮って」

「昔からよくいじめられてたわたしを助けてくれたけど、それのせいでわたしの面倒見なきゃって思い込んでない？」

「……う」

「お兄さん役は本当に嬉《うれ》しいんだけどね。こーへーも、もっとわたしとか理々を頼ってもいいと思うんだよ。ほら、せっかくのお隣さんなんだし」

ふ、と琥太郎がいつもとは違う大人びた表情をしてみせた。

正直、驚いている。いつも俺の背中に隠れるだけだった琥太郎が、こんなことを考えていたなんて。琥太郎には悟らせないようにごく自然に振る舞っていたつもりだが、見透かされていたというのだろうか。

理々を見る。

「ん、まあ。人には得手不得手があるんだし、いいんじゃないの。あんたもいつまでも兄貴ぶってないで、同じ目線に降りてきなさいってのよ」

ぴしゃりと言われた。

もっともだと思う。琥太郎や理々のことを考えるあまり、いつしか俺は自分がやらねばならないという強迫観念に囚われていたらしい。

いや、違う。違うな。

俺も理々と同じだ。二人の兄貴分という役割が好きだから、そうしているだけ。つまるところは自分の勝手な都合なのだ。なに一つ、褒められたものじゃない。

「だからね、こーへー。変に気負わないで、気楽に行こうよ」

「あんた、気負った原因が誰にあるかわかってんの？」

「う……」

「はは。そうだな、ごめんな。じゃあ今度から、頼りにさせてもらうよ。お二人さん」

二人の頭をがしがしとなでてやる。

とはいえ、結局のところは二人に対する姿勢は変わらないのだろう。俺はただただ、理々と琥太郎を見守ってやるだけ。

でも、きっと俺はそれだけでいいんだと思う。

◇◆◇◆◇

「あんたもいい加減に一人立ちしなさいよ」

「う……わたしだって、もうこーへー離れできるもん」

「お、頼もしい。じゃあ、着替えは一人でな」

「……ごめんなさい調子に乗り過ぎましたごめんなさい」

26. お花見セプテット。

連休中日。

例によって暇なので、ベルさんと散歩に出てみることにした。幸い、天気は上々。ぽかぽかと心地《ここち》よい陽気だ。

「あったかいねー」

「でありますなー、でありますなー」

ベルさんも気持ちよさそうに目を細めている。というか、糸目。前が見えているのか不安ではあった。今日はベルさんはサポートマシンに乗ってはいない。もともと買い物の時にしか使わないらしい。まあ、せっかくの散歩であるし、特に目的があるわけでもないので、二本の足で歩いていただきたいものだ。

身体的構造から、ベルさんの歩みは常人に比べて遅い。なので、必然的にわたしがゆっくり歩くことになる。それがゆったりとした気分を助長させていた。

連休中の宿題は昨夜《ゆうべ》、理々と耕平の三人で勉強会をして終わらせた。だからあとはたっぷり休みを満喫《まんきつ》できるのだ。

ふと、視界の端をひらひらと舞うものがあった。反射的に手の平に受け止める。

これは、花びら?

周囲を見回して、そして見つけた。

少し歩いた先、道路に面している児童公園。児童公園と言っても、すぐ裏に小学校があり、面積はそれなりに広い。災害時の緊急避難先にもなっている。

「あ、ベルさん。桜が咲いてるよ」

「む? おお、風流でありますな、風流でありますな」

もうそんな季節らしい。公園に並んで植えてある桜が、白い花弁の天蓋《てんがい》を作っていた。ベルさんくらいなら上に乗っかれそうな気がする。気がするだけで、実際に乗ったらまず確実に落下すると思うが。

「そっか、そんな時期なんだ……そうだ!」

よいことを考えた。

しゃがみ込んで、ベルさんと目線を合わせる。

「どうしたでありますか、どうしたでありますか」

「ね、ベルさん。お花見しない?」

「花見でありますか? 花見でありますか?」

「うん。お弁当作ってさ、理々とこーへーも呼んで」

「名案でありますな! 名案でありますな!」

にぱ、とベルさんはまさしく花が咲いたように破顔一笑した。さすがベルさんはノリがいい。

「じゃあ、明日くらいに――」

「さっそく戻ってお弁当を作るであります！　お弁当を作るであります！」

「――って、今から？」

「であります、であります」

時刻は午前十時を少し回った頃《ころ》。確かに今すぐ帰って台所に立てば、ちょうどお昼頃にはお花見ができるけれど。しかし、性急すぎる気もするが。

「うーん。今日いきなりって言っても、みんな集まるかなぁ」

「おっはなみでありますー♪　おっはなみでありますよー♪」

ちっとも聞いていなかった。

まあ、仕方ない。ダメでもともと、みんなと連絡を取ってみよう。せっかくベルさんも乗り気なわけだし、最悪、二人だけで出かければいいのだ。

◇◆◇◆◇

「……みんな、暇なんだね」

「うっさいわね、あんたもでしょが」

公園を彩《いろど》る桜花の下。見事に呼び出しに反応した面々でビニールシートを敷いて座っている。突発的な企画でもちゃんと集まってくれるから、みんな大好きだ。

「あー、あったかい」

耕平が後ろに手を突いて、桜を見上げて目を細める。

「あったかいでありますなー、あったかいでありますなー」

なぜかその横でベルさんも同じ姿勢で桜を仰《あお》いでいた。

本日のお花見の参加メンバーは、わたしとベルさん。理々と理々のおばさん。耕平と、そしてディアナ様。本当はあともう一人来るのだけれど、まだのようだ。

いつも通りの面々で、やっぱり安心できた。考えてみれば、休日でもほとんど理々や耕平と遊んでいる気がする。同じクラスの人たちと出かけることも稀《まれ》だった。ひょっとして意外と社交性ないのだろうか、わたし。

「あら、琥太郎ちゃん。お箸《はし》進んでないけど、おいしくなかった?」

「あ、そうじゃなくて。考えごとしてただけです。おいしいですよ、おばさんの唐揚げ」

あわてて箸でお弁当をつつく。おばさんが作った鶏《とり》の唐揚げは、からりと香ばしく、香辛料も利かせすぎず、とてもおいしかった。たまにおばさんに料理を習うわたしだけれど、まだまだこの境地には達していない。

「リリ嬢の母上の揚げ物は絶品でありますな!　絶品でありますな!」

ベルさんがとても嬉しそうに、レンコンの天ぷらを咀嚼《そしゃく》している。

ちなみに本日のお弁当は、理々のおばさんとベルさんの共同作品だ。もちろん小さいベルさんは我が家のキッチンでしか料理を作れないので、おばさんにはこちらにご足労いただいた。

「ねえ、母さん」

「なぁに?」

「ちょっと、作りすぎじゃないの?」

ロールキャベツを頬《ほお》ばりながら、理々。

確かに、それはわたしも思う。お弁当と言っても重箱で、しかも大型。さらに六段重ね。普通のお弁当箱の三倍くらいの面積がある重箱だ。それを一人ほぼ一段の割り当てというのは、正直どうなんだろう。

「あら。大丈夫、耕平ちゃんがいっぱい食べてくれるわよ。男の子なんだし」

「……がんばります」

かわいそうに、耕平は過度の期待をかけられていた。もうおにぎり三つ目だというのに。耕平にばかり負担をかけさせるわけにはいかない。わたしもおにぎりに手をつけた。

しかし、と重箱を見る。

煮物、漬物、酢の物。フライ、ハンバーグ、オムレツ。春巻、麻婆豆腐《マーボーどうふ》、エビチリ。見事に和洋中制覇だった。主食も、おにぎりとサンドイッチの両方がある。デザートは果物《くだもの》どっさり、加えて杏仁《あんにん》豆腐、とどめにレアチーズケーキ。

和風、一段。洋風、一段。中華、一番もとい一段。おにぎりとサンドイッチで一段ずつ。デザートで一段。計、六段の重箱だった。おばさんもベルさんも、この短時間で、よくもまあこれだけの料理ができたものだ。

「冷蔵庫が綺麗《きれい》になってよかったわ」

「でありますな！　でありますな！」

そういうことらしかった。しかし残り物でここまで作れてしまう二人は尊敬に値すると思う。

「ディアナ様、はい」

「わふ！」

理々は理々で、ディアナ様に骨つきの唐揚げを食べさせている。あんなに塩分の高いものを与えていいのだろうか。まあ、ディアナ様は普通の犬と少し違う味覚を持っているらしいので味に関しては問題ないだろうけど。

「それにしても、こーへー、おばさん遅いね？」

「んだなー。先に始めといてとは言ってたけど」

そう、あとで来るもう一人の参加者とは、耕平のお母さんなのだ。

「おばさん、今日はちゃんといるのよね？」

ディアナ様に水を与えながら言う理々に、耕平が頷《うなず》く。

なにしろ耕平のお母さんはたまに失踪《しっそう》するらしい。行き先は息子にもわからない。わたしとは別の意味で、母親に苦労させられている耕平だった。

ふと、箸を止めて桜を見る。

咲いたその場から次々と散っていって、どこか物悲しい風情《ふぜい》がある。というより、せっかく咲かせたのにもったいない。もう少し根性見せて枝葉に留《とど》まってほしいとは思う。

「桜の下には死体が埋まってるって言うわよね」

「……理々、それ毎年欠かさず言うよね」

なにかの儀式なのか、それとも単純に嫌がらせなのか。

「あ、母さん発見」

耕平の声に、わたしは顔を上げる。

公園の出口のさらに向こう、車道を挟んだ反対側の歩道を、一人の女性が歩いている。間違いなく、あれは耕平の母上だった。

向こうもこちらに気づいたらしく、手を振って小さく跳ねている。信号が赤になったのを見計らって、横断歩道を駆け足で渡ってきた。そうして公園に入って一直線にこちらへ。

「遅くなってごめんなさいー」

開口一番、ぺこりと頭を下げるおばさん。わたしのお母さんや理々のお母さんも大概若く見えるが、耕平のお母さんも一目見て高校生の息子がいるとは思えない。とはいえ童顔でもなく、一応社会人には見える。

「遅刻ね、ぬーこ。そこで本居宣長《もとおりのりなが》の物真似《ものまね》してなさい」

「マジすか」

「うまかったでしょ」

どんな物真似だ。というか良《よ》し悪《あ》しは誰《だれ》が判断したんだ。

「ふ……ふふ……せっかくお呼ばれしましたので、一品作って来たのですよ。先輩の好きなカリカリベーコンのサラダ」

「許しましょう」

「ありがとーごぜーます」

わたしと理々、耕平の三人が仲がいいのは、ひとえに母親が親友、そして先輩後輩の関係だったからだ。わたしと理々のお母さんの後輩が耕平のお母さん。よくもまあ、三人が三人とも隣接して住居を構えて同時期に出産したと思う。作為的なものを感じざるを得ない。

「耕平くーん、ちょいずれて」

「はいよ」

耕平のおばさんは息子のお隣に腰を降ろした。

「はい、おばさん」

理々が紙皿に料理を少しずつ取って、耕平のおばさんに手渡す。

「ありがと理々ちゃん。今日もいいツインテールだね」

意味がわからなかった。

全員揃《そろ》ったので、改めて歓談を再開する。桜は見頃だけれど、花見をしている人は少ない。いないわけではないので、ここの集団だけが奇異の目で見られることはないが。

それでも少数派であることには変わりがない。大部分の花見客は、二駅先の森林公園に取られているのだろう。あそこの見事な桜は、地元テレビでも紹介されるくらいだし。

でも、まあ。

わたしたちには、こういう小ぢんまりした落ち着きのある風景が似合っているのだろう。

「陛下！　陛下ぁぁ！　タマネギは食べちゃメッでありますよ！　メッでありますよ！」

「ちょ、耕平！　その箱遠ざけて！」

「おっと！　ダメだよ、ディアナ様」

「くぅーん……」

……必ずしも落ち着いてはいないが。

「それにしても、深山《みやま》先輩はいつ帰ってくるんでしょうねぇ」

「そうね……研究っていうのは、子供を置いていけるほど大事なものなのかしらね」

子供が騒いでいる中、大人二人が桜を見上げながらぽつぽつと話している。

「は、はは……いいんですよ。賛成したの、わたしだし」

「だからって、琥太郎君も寂しくないの？」

そりゃ、寂しくないと言ったら嘘《うそ》になる。なんだかんだでお母さんは大好きだし、いつも側《そば》にいたいとも思う。だけれど、母親としてのお母さんと同じくらい、自分の好きなことに打ち込むお母さんが好きだから。わたし一人が我慢して済むのなら、それでいいと考えたのだ。

「大丈夫ですよ。ベルさんもいますし。それに、理々もこーへーも、おばさんたちもディアナ様もいてくれますし」

みんな一緒なら、寂しさも紛《まぎ》れる。

というか、騒がしい日々で寂しさを感じる間もないくらいだ。

「うう……琥太郎君は本当によくできた子ですね。どうしてあの深山先輩からこんなによい子が生まれたんでしょう」

「それ、あいつにメールしとくわね」

「……スミマセンゴメンナサイモウシマセン」

「は、はは……」

「そうだ！　琥太郎君、うちの子供にならない？　引き取るよ！　戸籍も変えて耕平君が本当のお兄さんになるよ！」

「やめなさい、ぬーこ。琥太郎ちゃんはうちの娘になるんだから」

なんだか話が想像の斜め上を行き始めた。このまま放《ほう》っておくと、色々面倒なことになりそうだ。そろそろ止めた方がいいかもしれない。

「ダメでありますよ、リリ嬢の母上にコーへー殿の母上。コタロー殿はベルの旦那《だんな》様であります、ベルの旦那様であります」

ベルさんが独り占めするように、わたしにしがみついた。

「うう……助けてよ、こーへー」

隣の耕平に助けを求める。

「ふむ。琥太郎、うち来る？　弟か妹になる？」

「こーへーまでなに言ってんの……」

呆《あき》れつつ、今度は理々を見る。

「母さん。ころ太、引き取れるの？　そういうこと、できるの？」

理々の目はマジだった。

ダメだ、この幼なじみ二人。

「くぅーん」

と、ディアナ様がわたしの太ももに鼻をすり寄せてくる。

「うう……ディアナ様だけだよ、わたしの味方は」

案の定、この面子では静かにしっとりと桜観賞というわけにはいかず、こういう風に姦《かしま》しくなってしまった。

でもやっぱり、こういう賑《にぎ》やかさに救われているのは間違いない事実だ。みんながわたし争奪戦の様相を呈しているのも、ちゃんとわたしのことを気遣ってくれているに他ならない。

「……ふふ」

桜を見上げて、ぼんやりと考える。

わたしは大丈夫です。

だから、お母さん。

気にしないで、研究に打ち込んでください。

あ、でもたまにはちょっとこっちも気にかけてください。

桜の木の下、みんなの喧騒《けんそう》に包まれながらの春の日だった。

◇◆◇◆◇

「琥太郎がうちにかー。母さんがいない時もうまい夕飯が食べられそうだ」

「……こーへー？」

「……え。じゃあ、ころ太がうちに来たら『あたしがコーラって言ったらペプシでしょが！』とか言えんのかしら……ぶつぶつ」

「……理々さん？」

EX FILE. 誕生特別編。

「母さんね、海外の研究施設に出向することになったの」

丼飯《どんぶりめし》をかっ食らいながら、お母さんが話を切り出したのは夕食の時だった。ちなみに今日は丼ものじゃない。この人はこれがデフォルトなのだ。

「出向って、出張みたいなもの？」

「出張よりかは単身赴任って言った方がいいかもね」

お母さんはこれでいて科学者らしい。戦技研だか科学要塞《ようさい》研究所だか知らないが、そんな感じの仰々《ぎょうぎょう》しい名前の機関に勤めている。家ではただの大飯食らいアンド大酒飲みなのだけれど。

「お母さん、外国行っちゃうんだ」

「そ。こっちでの研究が認められてね」

「なんの研究なんだっけ」

「サイココミュニケーター的な精神波の流れをね」

「それ嘘でしょ」

「うん、嘘」

お母さんはこうやっていつも話をはぐらかす。もっとも、実際に研究の概要を語られてもわたしには理解できないし、理解したくもないが。

肝心なことは、だ。

「えっと、わたしは?」

「そうなのよね。あんた、一緒に来る?」

「……わたしは」

確かに、お母さんを単身で海外に送り出すのはとても心配だ。なにしろお母さんは生活能力が皆無で、自分ではご飯も炊《た》けないダメ人間だからだ。わたしが身の回りの世話をやった方がいいに決まっている。

でも、今まで過ごしてきたこの土地から離れるのは、やっぱり気持ちの切り替えが難しい。海外ということは日本語が通用しないわけで、そんなところに移住するのは抵抗がありすぎる。

それに。

理々や耕平と離れ離れになってしまうのは嫌だ。

わたしが言葉を濁《にご》していると、お母さんはビールの入った大ジョッキをごとんと置いて、

「なーにマジになってんのよ。あんたはここでいいの」

にっこり笑って、わたしの頭をがしがしとなでてくれた。ちょっと乱暴だけど、わたしはお母さんのその行為が大好きだった。

「でも、お母さんは大丈夫なの? ご飯とか」

「んー。まあ、ヴェクサもオルテンシアも来るし」

「……かわいそうに」

お母さんの同僚の外国人さんを思い浮かべる。あの人たちもよくよくお母さんの世話をさせられていた。どうやらお母さんは研究チームのヒエラルキーにおいても頂点に立つらしい。

「クピドとジェズは残るから、なにかあったらあいつらに頼るといいわ。ジェズはあんたのこと、気に入ってるみたいだし」

「……ジェズイットさん、すぐわたしのお尻《しり》触るから苦手なんだけど。気配消していつの間にか背後に立ってるし」

「あいつ、気に入ったら男でも女でも見境ない奴《やつ》だからね……って、あんたも男の子なんだから胸揉《も》まれようが尻なでられようがビシッとしてりゃいいのよ。アレついてんでしょ！」

「おかず下げるね」

「ごめん私が悪かったおかわり」

米粒一つ残さず空になった丼が差し出される。ため息を漏らしつつも、わたしはご飯をてんこ盛りにしてお母さんに渡した。

「はい」

「ありがと。本当はねー。私も向こうに行くつもりはなかったんだけど。あんたも卒業と入学で忙しい時期だし。親としては、子供の晴れ舞台くらいはね」

「そんなこと言っても、今までだって研究で来れない時もあったじゃない」

「……ごめん」

「そうじゃないって。今まで通り、変わらないってこと。お母さんは、お母さんのしたいことをすればいいんだよ」

決して責めているのではない。むしろ逆だ。わたしがいるせいで科学者としてできないこともあっただろう。だから、これを機に気の済むまで研究すればいいのだ。

子供として、親の枷《かせ》にはなりたくなかった。

「……考えてみれば、事後承諾よね」

「あはは、いっつもでしょ」

「違いないわ。生活費もちゃんと振り込んどくし、他はと。なにかしておくことあるかしら」

「だいじょぶ。わたし、一人で生活できるもん。お隣さんもいるし」

「そっか、あいつに任せればいいわね。あとで言っとく」

「……あんまり失礼なこと言わないでよ」

理々のおばさんとわたしのお母さんは親友らしいけど、親しき仲にも礼儀は必要なのだ。

「あとは……そうね、あんたが寂しくないように手を打ったげる」

「え?」

「ふふ……さぞ賑やかだろうわ」

お母さんは口の端を吊《つ》り上げ、顔を伏せて肩を揺らした。笑っているのだ。なんだか猛烈に嫌な予感がした。お母さんがこういう邪《よこしま》な仕草で笑い声を漏らす時は、大抵ろくでもないことを考えているに決まっているのだ。

「お、お母さん、なに」

「んー？　まあ、楽しみにしているといいわ。あんたのその性格にもちょうどいいわね」

「え？　え？」

「さって、久々に今夜は一緒にひとっ風呂《ぷろ》浴びましょっか。あんたも成長したかしらー、もちろん性的な意味で」

わけのわからないことを言って、お母さんが止めていた箸《はし》を動かし始めた。

◇◆◇◆◇

その言葉のわけがわかるようになったのは、お母さんが日本を発《た》った朝のことだった。

わたしが起きると家はすでにもぬけの殻で、お母さんの書き置きがあるだけだった。もう少し別れの儀式とかしてみたかったけれど、前の日は一緒の布団《ふとん》で寝たし、話もたくさんしたので特に不満というほどのことではない。

問題は、この書き置き。

意訳すれば、『あんたが寂しくないように、話し相手置いとくわね』ということらしい。その書き置きが、テーブルの上に置かれていたトランクに添えられていた。

「……なんで、トランク？」

お母さんのことだから、旅行鞄《かばん》を忘れて出発してしまったとか。いや、いくらだらしないお母さんでもそんなことは。

ない。

多分ないと思う。

ないんじゃないかな。

……ちょっと覚悟はしておこう。

ともあれ、とりあえず開けてみる。

「……へっ？」

トランクの中を見て、わたしは目を丸くしてしまった。

そこに入っていたのは、人形だった。エプロンドレスとヘッドドレスを身につけた、一抱えほどの女の子の人形が身体《からだ》を丸めて収納されていた。よく漫画やアニメで見るようなメイドさんみたいだ。そんなコスチュームに対しておかっぱ気味に揃《そろ》えられた青みのある髪が和風に感じられて、アンバランスにも見える。

「へー、かわいいなぁ」

頭が大きくて手足が短い、いわゆるデフォルメされている体軀《たいく》だけれど、玩具《おもちゃ》みたいで愛《あい》嬌《きょう》を感じさせた。

と、トランクの隅に冊子が入っていることに気づく。それを取って、なにげなくページをめくってみた。

『Electric Maiden Automata――電動侍女型機械人形――取り扱い説明書』

「……電動侍女型機械人形？」

トランクの中に一緒に入っていたということは、この人形を指すのだろう。それにしても、電動。ということは電気で動くのか。

話し相手を置いておくとお母さんは言った。だとすると、この人形がそれにあたると考えられる。人形が話し相手なんて、少し危ない人のようで複雑だ。以前流行《はや》ったことのある、擬似《ぎじ》会話でコミュニケーションを取れる人形と同じだろうか。『ナデナデシテー』とか『ウボァー』とか『イイデストモ』とか反応する奴。

「お母さんもなんだってこんなの……んもう、子供じゃないのに」

説明書をめくって、動かし方を調べる。

それらしきページを見つけた。読むと、起動スイッチは音声認識らしく、呪文《じゅもん》のような平仮名の羅列《られつ》が記載されていた。

物は試しということで、この子を動かしてみよう。

説明書に書かれている起動パスワードを読み上げる。

「えーと、『うつずーにいゃちーぱーす』……?」

途中、噛《か》みつつも呪文を最後まで声に出した。

じっと人形を見つめる。

そのまま数分間見守っていたが、なにも起きなかった。

「おかしいなぁ」

ちゃんと読み上げたつもりだった。もう少し流暢《りゅうちょう》にしゃべらなければいけないのだろうか。

何気なく、次のページを開いてみる。

『バーカ、そんな呪文で動くわきゃねーでしょ』

説明書を床に叩《たた》きつけた。

さらに二、三回ストンピングする。

「ふー、ふー」

落ち着け。うん、落ち着こう。皺《しわ》くちゃになった説明書を拾い上げ、寛容な心でページをめくる。電動と書いているからには動くわけで、スイッチがあるに決まっている。根気よく文面を目でなぞっていった。

「エネルギーパックを腰に装着すると自動的に電源が入ります……?」

人形を持ち上げてみる。あまり重くないし、なにより肌が柔らかかった。固いフィギュアなんかとはまるで違う。どんな材質を使用しているのだろうか。

人形が収納されていた場所の下に、件《くだん》のエネルギーパックらしき物体があった。ドリンク剤の瓶がもう少し太くなったようなそのパックは二本ある。

「腰、腰っと」

メイド服の腰の部分に、確かに二つの差し込み口があった。腰回りだけ妙なくらいメカメカしいパーツが備わっていて、これはなんの意味があるのかさっぱりわからない。

エネルギーパックと仰々しく書いてあるが、つまりは電池なのだろう。とりあえず、説明書にあるままに二本とも腰のパーツにセットしてみた。

と。

『Standing by』

「え？」

人形の目が開いた。

綺麗《きれい》な翡翠色《ひすいいろ》の瞳《ひとみ》だった。見ているだけで吸い込まれそうな輝きだけれど、どこか虚《うつ》ろで焦点が合っていないような感触を覚える。

『...complete』

人形がその小さな二本の足でテーブルの上に立った。自立するとは、すごいバランス感覚だ。

人形が機械的な瞳でこちらを見る。

目が合った。

「えーと、あの」

『個人情報を登録します』

ぐい、と人形に腕を摑《つか》まれた。

「へ⁉」

意表を突かれたのもあるが、小さなボディとは思えない力に、わたしはテーブルに前のめりになった。

眼前にはメイド人形の小さな顔が。

近づいて。

ぶちゅ。

「…………」

思考が止まる。

だけど感覚として、口の中でなにかが蠢《うごめ》いてかき回しているのを認識する。生暖かくて柔らかくて湿った感触を。

なんか、なんか吸われてる。

口の中を吸われてる。

「ぶぁっ⁉　なぁぁっ⁉」

全力で身体を逸《そ》らして、人形から逃げて距離を取った。

『DNA登録中……登録完了』

人形の瞳が、ふっ、と焦点が合ったような気がした。

「え、あ、あの」


「はじめましてであります！　はじめましてであります！」


そんな、元気のよい声が飛び出してきた。

表情もにっこりと満面の笑みで、先ほどまでの無機的な冷たさとはまったく違う。あまりと言えばあまりの変貌《へんぼう》ぶりに、うまく思考がまとまらなかった。

「え、と、その」

「お噂《うわさ》はかねがね聞いているであります。ミヤマ博士のご子息のコタロー殿でありますな、コタロー殿でありますな」

「そ、そうだけど」

「ベルはベルテインであります。コタロー殿の身の回りのお世話をする電動侍女型機械人形、EMA初号機でありますよ、EMA初号機でありますよ」

「……お世話？」

「であります、であります」

「……ＥＭＡ初号機？」

「であります、であります」

脳内を整理してみる。

お母さんがわたしの話し相手として置いていったのは人形で玩具だと思って電源入れたらいきなり人にディープキスしてＤＮＡ登録されて汎用《はんよう》人型決戦兵器の類似品みたいな名前でいやいやいや全然整理できていない。

「えっと、ベルテインさん？」

「ベルで結構であります、ベルで結構であります」

「じゃあ、ベルさん」

「はぅ……親しげな響きであります。胸キュンでありますな！　胸キュンでありますな！」

なんだろう、この人形は。とても機械とは思えないほど流暢《りゅうちょう》にしゃべるし、感情表現も豊かだ。触ってみた時の肌もしっとりと柔らかかったし、さっきの舌のぬめりまで。

舌。

舌を入れられた。

「うう、わたしのファーストキス……」

「マジでありますか⁉　ベル、いきなり役得であります！　役得であります！」

とても喜ばれた。

テーブルの上で小躍りされた。

「あ、あのー」

「はっ、失敬であります。説明がまだだったでありますな。ベルの任務はコタロー殿のお世話であります、お世話であります」

「お世話って、どう」

「炊事洗濯掃除、なんでもござれであります！　なんでもござれであります！」

「って、君のその小さな身体で？」

人形、ベルさんを見る。片手で軽々と持ち上げられるくらいのその身体は、体長六〇センチちょっとだろうか。包丁を扱ったり掃除機を駆使したりができるとは思えない。

「問題ないであります。キッチンも洗面所もトイレもベルに合わせて改造されているであります、改造されているであります」

言われて、台所を見てみる。

妙な小上がりや、明らかにキャットウォークと思《おぼ》しき出っぱりが突き出ていた。確かにこの上に立てば、コンロを使うのもちょうどいいかもしれない。

「いつの間に……」

昨日《きのう》まではごく普通のキッチンだったはずだ。ということは、わたしが寝入ってから今朝《けさ》起きるまでに改造が終わっていたことになる。あり得ないという思いと同時に、お母さんならやりかねないという諦念《ていねん》があった。

「それと、ミヤマ博士に重大な使命を仰《おお》せつかったであります、仰せつかったであります」

「重大な使命？」

「コタロー殿を男にするであります、男にするであります」

「……お母さんったら、もう」

わたしはこのまま女の子として生きていきたいし、女の子でも支障はないのに、お母さんはどうしてもわたしを男の子にしたいらしい。

「よって、コタロー殿とエッチするであります！　エッチするであります！」

「はぁ!?」

「ベルの女としての魅力でコタロー殿を男に戻すでありますよ！　男に戻すでありますよ！」

「な、なんでそれで、エッチ？」

「男としての悦《よろこ》びをベルがお教えするでありますよ！　お教えするでありますよ！」

お母さんはなにを考えているのだろう。自分の子供に、その、セックス機能を搭載している人形を置いていくなんて――いや、ちょっと待った。

「……女としての魅力？」

「であります、であります」

「……その身体で？」

どう見てもその手の行為ができるようなボディじゃないように思える。世の中には性欲を処理するための人形、ダッチワイフというものがあるということはわたしでも知っている。でもそれは、さすがに目の前に立っている人形ほど小さくはないはずだ。

訝《いぶか》っていると、ベルさんはテーブルから軽やかに飛び降りて、床に着地した。

「お見せするであります、お見せするであります」

そう言うなり、ベルさんが両手を一杯に広げて、腰の両側を叩いた。


『MAXIMUM MAIDEN POWER』


「え、な、なに？」

変な音声がどこからか発せられたかと思うと、ふぉーんふぉーんと電子音が居間に鳴り響く。

そんな中で、ベルさんは腰に当てていた両手を、胸の前で交差させた。

「キャストアウェイであります！　キャストアウェイであります！」

高らかに叫び、ベルさんが謎《なぞ》のポーズを取る。

瞬間、視界が真っ白に包まれた。それがベルさんから放たれた圧倒的な量の光だと認識した時には、わたしは目を閉じていた。まぶた越しになお、網膜を焼くような輝き。

「なに、なんなの⁉」

祈るような気持ちで、わたしは手で顔を覆って叫ぶ。


「わたくし、変身です」


そんな声が、確かにした。

恐る恐る、手をどけてみる。まぶたの裏までは、もう光は入ってこないようだ。それを確認してから、ゆっくりと瞳を開いた。

そこにいたのは、

「え、あれ？　あれ？」

メイド服に身を包んだ、大人の女の人だった。とても綺麗な人で、街中で出会ったら服装をなしにしても思わず振り返ってしまいそうだ。

そんな女の人が、まっすぐにこちらを見つめている。不意に、どきりと胸が高鳴った。

「この姿ならば、琥太郎様にご奉仕もできましょう」

「……え？」

「ベルテインです」

「はい？」

「ＥＭＡ－０１、ベルテインと申します」

ベルテイン。ＥＭＡ。どこかで聞いたような記憶が、って先ほどまでテーブルの上で存在を誇示《こじ》していた人形じゃないか。ということは、この美人とベルさんが同一人物であるのか。

言われてみると確かにメイド服は着ている。しかしそのシルエットがあまりにも違いすぎる。髪の色は同じだけれども、長さが決定的に違った。優に腰まで届いている。

「え、と、ベルさん、なの？」

「はい。この姿は、琥太郎様に愛していただく時のためのフォームです」

「あ、ああ愛して？」

「ええ」

そう言って大人になったベルさんは、襟《えり》を緩めて胸元のボタンを外し始めた。

「ちょ、ちょっちょ」

「琥太郎様……わたくしに、どうかお情けを下さいませ。お好きなように、琥太郎様のお役に立てて下さいませ」

翡翠色の瞳はすでに輝きの趣きを変えていた。純粋に綺麗だと思っていたそれは、今は艶《つや》っぽく色気に満ちている。形のよい唇から赤い舌がちろりと出て、口の周《まわ》りを湿らせた。

お役に。お情け。つまりそれは、ベルさんの機能……セックスしろ、ということであって。

それは要するにこのナイスバディなベルさんと裸で致せという、

「え、っと、ベル、さん」
無意識に後ずさりするわたしだけれど、その背中に壁がぶつかった。逃げ道がない。
ベルさんは変わらずに妖艶《ようえん》な微笑《ほほえ》みで迫ってくる。
お母さんの馬鹿《ばか》。
ベルさんが床を軋《きし》ませながら目の前までやってきた。
横へずれようとした矢先に、ベルさんが壁に手をついた。
逃げられない。
お母さんのインモラル。
視線を落とす。
ベルさんの胸元に深い谷間が。
美顔がゆっくりと近づいてくる。
ベルさん、綺麗だ。
大人になったらこういう人になりたい。
まつげ、長い。
目が伏せられた。
ベルさんの唇がわずかに開いて、息が触れ合うくらいに近づいて——
がちゃ、と力強い音がした。

「こーろ太！　一人で寂しいんじゃないか、と、思っ……て……」

音の方向に、視線を向ける。

そこには、やんちゃな笑顔のままで硬直している、幼なじみの、宮内理々《みやうちりり》が、

「……こーろーたー」

般若《はんにゃ》が誕生した。

「り、りりさん？」

恐る恐る、声をかけてみる。が、そんな気休めはナチュラルボーン人の話聞かない女には通用しない。大股《おおまた》で、どすどすと、インターホンも鳴らさないで入ってきた人の家の居間を、こちらに向かってくる。

「あんたはぁ！　親がいなくなったからって、さっそく女連れ込んでんのかぁ！」

「いや、違くて」

「ずいぶんと手が早くなったもんじゃない、ああん？　しかも年上？　メイド服？　女装したと思ったら趣味まで歪《ゆが》みやがったの？　前に貸した意地っぱりツインテール物はお気に召さなかったようねぇ……」

「だ、だってあれ、ヒロインの名前が理々になってたんだもん。感情移入できないでしょ」

「殺す！」

「殺すの!?」

理々は腰を落として右手を引きつけ、正拳突《せいけんづ》きのポーズを取った。これは洒落《しゃれ》にならない。理々のお母さんは空手四段、その教えを受けている理々は高校前なのにすでに黒帯だ。わたしや、もう一人の幼なじみの耕平よりも強い。

「怯《おび》えろ……すくめ！」

「ちょっと理々、落ち着いてよ！」

理々の拳はとても痛い。それはそれは半端じゃないくらいに。言われなくても怯えてしまうと。

今まで傍観《ぼうかん》していたベルさんが、不意にわたしと理々の間に割って入った。

「な、なんなのよ。言っとくけどこれはあたしたちのスキンシップなんであって、新参者が邪魔しないでよ！」

いや、絶対に違います。

というか、なんで理々はそこまでケンカ腰なのか。

「……時間切れです」

『え？』

わたしと理々の声が重なった。

瞬間、ベルさんの身体《からだ》から膨大な量の光が発せられた。それは一瞬のうちに視界を埋め尽くし、反射的にまぶたを閉じてもなお、瞳《ひとみ》の奥にベルさんの輪郭《りんかく》が残っているほどだ。

先ほどと同じ異変。

だとすると、今度はいったいなにが起こるというのか。

「戻ってしまったであります、戻ってしまったであります。さすがに出荷時はエネルギーの持ちが悪いでありますな」

塞《ふさ》がれた視界に、そんな声が響く。

ためらいがちに目を開くと、そこにベルさんはいなかった……いや、前言撤回。確かにベルさんはいた。真正面を見ていたから気づかなかっただけだ。

ベルさんはわたしの足下《あしもと》で、ちょこんとその小さな身体を誇示していた。

◇◆◇◆◇

「というわけなんだよ」

なんとか落ち着いたわたしたちは、テーブルを囲んでいた。

「……じゃあなに。このちっこいのは、おばさんが作ったメイドロボだっての？」

「うん。ほら、これにも」

今までの経緯を説明し終えて、理々に説明書を差し出す。理々は乱暴にそれを奪って、ペラペラとめくり始めた。

「……おばさんって、相変わらずすごいわね」

「もちろん、よくない意味でね……」

はぁ、とわたしと理々のため息が重なる。

「って、なにこのセクスドフォームっての！　性的奉仕⁉　童貞喪失⁉」

「そんなことまで書いてあるの⁉」

お母さんはなにを考えているのか。というか、こんなものを世に出したら色々とまずいことになるのでは。どう見てもベルさん、現代科学をギャロップで飛び越えていそうだし。

「……なんであたしに頼まないのよ……」

「え？」

「うっさいオカマ！」

「ぶ！」

投げつけられた説明書が、顔面にヒットした。なんで理々はこんなに、見てわかるほどいらだっているのだろう。

「時にコタロー殿、コタロー殿」

「ん？」

テーブルに礼儀正しく正座していたベルさんが、口を開いた。

「こちらの方はどなたでありますか、どなたでありますか」

「あ、ごめん。理々って言うの。お隣さんだよ」

「ほほう、状況から察するに幼なじみでありますな。そして密《ひそ》かに昔から想《おも》っていたという設定でうわなにするでありますなにするでありますやめ」

ベルさんの言葉を遮って、理々がベルさんの首を摑《つか》んで持ち上げた。そのまま席を立って、居間のドアを開ける。

「ちょ、理々？」

「言うまで来んじゃないわよ！　来たら殺すかんね！」

鬼のような形相で、理々はベルさんを掌握《しょうあく》したまま廊下へ消えていった。ドアを閉めるけたたましい音が、わたし一人だけになったリビングに空《むな》しく響く。

「……なんなの、もう」

テーブルに頰杖《ほおづえ》をついて、嘆息。

お母さんがいなくなった最初の朝から、落ち着きがなくてしょうがない。変なロボに、なんだか怒りっぱなしの理々。お母さんのために家事をしていた時の慌ただしさとはまったく違う、それは賑《にぎ》やかさを含んだ騒々《そうぞう》しさ。

「でも、まあ」

お母さんが言ったことは、悔しいけど当たっていた。

「話し相手には、困らなさそうだなぁ」

大きな不安とちょっとの期待。

迫り来る卒業式と、来たるべき入学式。

わたしの人生を決める上で重要な転機になるはずのこの時期。

いったいどうなってしまうのだろうか。

◇◆◇◆◇

「あんた……ころ太に変なこと言ったらジャンクにすっかんね……！」

「ぷーっ！　ツンデレでありますな、今流行《はや》りのツンデレでありますな！」

「む、むかつく……！」

「落ち着くであります、リリ嬢。コタロー殿を立派な殿方にするという目的は一緒でありますから、ここは共同戦線であります、共同戦線であります」

「え……きょ、協力してくれんの？」

「裏方はお任せするであります。実行役はベルが責任を持ってするであります！　責任を持ってするであります！」

「それじゃ意味ねーじゃねーのよ！　こいつめこいつめ！」

『ねー、二人ともー！　まだなのー？』

あとがき

皆様、初めまして。逢空万太と申します。あるいは拙著『這いよれ！ニャル子さん』をお読みの方々にはこちらでもお世話になります。よろしくお願いいたします。

どういう経緯か覚えていないんですが、別のお話を書いてみないかというお話を担当様からいただきまして、こうして上梓する事となりました。

あとがきから読むイケナイ人にご説明いたしますと、この作品は女の子予備軍（今、考えました）の深山琥太郎君と電動侍女機械人形、いわゆるメイドロボであるベルテイン、通称ベルさんが織り成すちょっとだけ変わった日常を綴《つづ》った絵日記系短編連作コメディです。

本作は短い話は四ページから、長くても十数ページほどの短いお話がたくさん入っていますので、作業の合間や列車に乗っている間などのちょっとしたひとときにお読みいただければ幸いです。また、最初は通して読んで、後日気が向いた時に、目次を見てその時の気分でお好きな短編を選ぶという読み方もよろしいのではないでしょうか。ともあれ、こののんびりとした世界を皆様にも好きになっていただければ、著者としてそれ以上の喜びはありません。

このお話を書くに当たって心がけましたのは、とにかく優しい世界にしようという事でした。生きている以上つらい事や嫌な事から逃げる事はできませんけど、気持ちを切り替える事はできるはずです。その為に物語が生まれたのだとしたなら、いっそ気分転換に特化した小説がもっとあってもいいと思いまして、ゆるゆるでほんわりとした本作が誕生したのでした。とはいえ、そんな著者の思惑は作品を読む際にはまったく必要ありません。ベルさんの愛らしさと小憎らしさに和んでいただければと思います。

あとがきで長々と作品の事を語るのも無粋ですのでここで関係者各位に感謝の意を。

担当様にはニャル子と同時進行で東奔西走していただきました。いつもいつもぎりぎりのスケジュールで申し訳ありません。仕事のできる担当様に助けられております。

イラストの七様。表紙の琥太郎もベルさんもやたら可愛らしくてどうしてくれようかと思いました。相当の無茶なお願いにも応えていただきまして、万太は幸せ者です。

ここまで読んでくださいました読者の皆様。ちょっと変則的な形態ですけれど、個人的にはこのような短編連作がもっと増えればいいと思います。大長編シリーズもいいですが、短編連作や単巻ものの後腐れなさというか、お気楽さも時には必要なのではないでしょうか。

というところで筆を置かせていただきます。

またどこかでお会いできる事を願っております。

え？　ニャル子のあとがきとノリが違う？

これでも無理して優等生モードなんですよ……

月見月理解の探偵殺人4

明月千里

イラスト／mebae

私は真実が知りたいの、
ねえ、教えてよ。お兄ちゃん。

《探偵殺人ゲーム》のコミュニティ『黒の箱庭』。そこは、勝つと願いが叶うと言われる一方、行方不明者が出ているという噂があった。そんな『黒の箱庭』に、初の妹、遥香が興味を見せているという。心配して遥香を追う初だが、そのゲームは、月見月家に因縁のある《グラウンド・ゼロ》の仕掛けたゲームだった!　それぞれの思惑が交錯する中、《探偵殺人ゲーム》は幕を開ける!

乙女はお姉《ボク》さまに恋してる2 ～二人のエルダー～

嵩夜あや　イラスト／のり太

姫宮《きさきのみや》千早《ちはや》は美しい銀髪の少女と見紛うほどの美少年。だがその容貌から、常に好奇の視線に晒され遂には不登校となってしまっていた。そんな彼に母が薦めた転校先はなんと名門女子校の聖《せい》應《おう》女学院。おまけに転校してみれば、手本となる生徒「エルダー」候補にまで選ばれてしまい!?　乙女の園に迷い込んだ少年が、出会った少女達と織りなす珠玉の物語。

GA文庫

踊る星降るレネシクル3

裕時悠示

イラスト／たかやKi

恋も闘いも加速する
ハイテンション学園ストーリー！

サバイバルサマー。それは夏休みの最後を飾るランカー同士のバトルロイヤル！　大会を前に盛り上がるミカホシ学園をよそに、レンヤは部屋のベッドに潜りこんできた全裸の幼女に頭を悩ませていた……。

だが、そんな幼女を守るため、レンヤもバトルロイヤルに参戦することに!?　巻き起こるロリコン疑惑にすまるのやきもちが大・爆・発！疑惑にめげず、闘えカカセオ！　ハイテンション学園ストーリー第3弾!!

GA文庫

おと×まほ12

白瀬 修　イラスト／ヤス

彼方の魅力全開の短編集!

　女の子にしか見えないかわいい男の子、野《の》々《の》下《した》深《ふか》未《み》と、彼方は一緒に白姫家で暮らすことになってしまう。そんな彼方の日常には、今までにない、刺激がいっぱい!?

　彼方と深未の一日を描きつつ、母様の思いつきによる雪山での遭難をはじめ、バスケ部の助っ人としての活躍から、少女なモエルと彼方の初デートまで、彼方の赤裸々な魅力全開の短編集!

無限のリンケージ5 ―ナイト・オブ・ナロート―

あわむら赤光　イラスト／せんむ

エキシビジョンのタッグマッチ〈アスラ・カーニバル〉の出場選手に選ばれたラーベルト。対戦相手がハルトとディナイスの最強コンビと知り、その心は燃え上がる。BTRで強者と戦う事に喜びを見出した彼にとって、それは願ってもない朗報だった。だが、決戦を前にアーニャ姫より「ナラウタ解放のため、試合中にハルトを暗殺せよ」と衝撃の命令が下り……!?

ファンレター、作品の感想を
お待ちしています

〈あて先〉

〒107－0052
東京都港区赤坂4－13－13
ソフトバンク クリエイティブ（株）
GA文庫編集部 気付

「逢空万太先生」係
「七先生」係

http://ga.sbcr.jp/

深山さんちのベルテイン

発　行　2010年12月31日　初版第一刷発行
著　者　逢空万太
発行人　新田光敏

発行所　ソフトバンク クリエイティブ株式会社
〒107−0052
東京都港区赤坂4−13−13
電話　03−5549−1201
03−5549−1167（編集）

装　丁　株式会社ケイズ（大橋 勉／彦坂暢章）

印刷・製本　中央精版印刷株式会社

乱丁本、落丁本はお取り替えいたします。

本書の内容を無断で複製・複写・放送・データ配信などをすることは、かたくお断りいたします。

定価はカバーに表示してあります。

ISBN978-4-7973-6293-0
Printed in Japan　GA文庫